LE DICO DE L'IMMO

Dictionnaire de référence des mots de l'immobilier

Marc Ezrati

PRÉFACE – REMERCIEMENTS

Le *Dico de l'immo* est le premier dictionnaire de référence des mots de l'immobilier. Il est destiné à un large public. Il s'adresse aussi bien aux professionnels de l'immobilier qui doivent quotidiennement expliquer à leurs clients un vocabulaire parfois très technique et juridique qu'aux particuliers et aux étudiants qui pourront ainsi se familiariser avec un univers bien souvent jargonneux et truffé d'acronymes et autres concepts. Ce dictionnaire est appelé à évoluer avec le temps. De nouveaux mots, de nouvelles lois, de nouvelles règles viennent régulièrement enrichir le vocabulaire immobilier.

Pour cette première édition du *Dico de l'immo*, j'ai pu compter sur les auteurs de la collection *Les Essentiels de l'immo* que j'ai l'honneur de diriger aux éditions Bréal. Je tiens tout particulièrement à remercier Céline Faraut, Sabrina Viniger, Thierry Vignal, David Laval, Nathalie Pietrini, Valérie Rosano, Grégoire Berthou, Michel Lechenault, Christophe Dupont, Henri-Pierre Ouhibi, Marilyn Bodisco, Kamila Oudachene, Caroline Paroli qui ont relu, vérifié ou amendé cet ouvrage.

A

Achèvement des travaux : Selon l'article R. 261-1 du Code de la construction et de l'habitation (applicable aux ventes d'immeubles à construire) l'achèvement correspond au moment où les travaux prévus au contrat sont exécutés. On considère que l'ouvrage peut alors être utilisé conformément à sa destination. C'est de l'achèvement des travaux que découle l'obligation pour les parties au contrat de procéder aux opérations de réception. Il est à noter que la présence éventuelle de malfaçons est sans incidence sur la constatation de l'achèvement des travaux pour peu que les défauts de conformité relevés ne rendent pas la maison impropre à sa destination. À savoir, être habitée.

Acompte : Versement partiel et anticipé d'une partie du prix de vente d'un bien. L'acompte implique l'existence d'une vente conclue de façon ferme et définitive. En conséquence, la transaction doit être menée jusqu'à son terme. En clair, l'acheteur est tenu de payer le prix demandé et le vendeur de lui livrer la chose achetée. Aucun dédit n'est possible et le fait pour un acheteur de se rétracter entraîne sa condamnation à verser des dommages et intérêts au vendeur lésé.

Acte authentique de vente : Acte établi par un notaire en vue de constater une vente immobilière. Il est rédigé dès lors que les conditions suspensives résultant du compromis sont réalisées (obtention de prêt, obtention d'autorisations d'urbanisme…). Pour être opposable à tous, une vente doit être publiée au fichier immobilier tenu par le service de publicité foncière. Cette formalité ne peut se faire qu'à l'appui d'un acte authentique de vente.

Acte de propriété : Acte authentique délivré par un notaire. On parle alors d'un acte notarié.

Acte sous seing privé : Convention écrite établie par les cocontractants eux-mêmes et signée par eux. À la différence d'un acte authentique qui sera signé devant notaire, un acte sous seing privé (ou « sous signature privée ») est signé entre particuliers ou avec un autre professionnel que le notaire. Cette particularité a pour conséquence une force probante inférieure à celle d'un acte notarié.

ADIL (Association Départementale d'Information sur le Logement) : Association qui renseigne et conseille gratuitement les particuliers sur toute question relative à l'immobilier au niveau juridique, fiscal ou financier. L'ADIL est agréée par le ministère du logement.

Administrateur de biens : Professionnel de l'immobilier, qui peut être chargé notamment d'assurer la gestion courante d'un ensemble de logements ou d'un immeuble pour le compte d'un particulier ou d'une entreprise (recherche de locataires, encaissement des loyers, paiement des charges, suivi des contentieux...). Il peut également assumer les missions d'un syndicat de copropriété (gestion et entretien des parties communes).

AFNOR (Association Française de NORmalisation) : Groupe international de services, organisé autour de quatre grands domaines de compétences : la normalisation, la certification, l'édition spécialisée et la formation.

AFUL (Association foncière urbaine libre) : La loi du 30 décembre 1967 encadre une association syndicale de propriétaires, spécialisée dans les grands ensembles immobiliers. Les missions peuvent être la gestion, le remembrement et le groupement de parcelles, la construction etc.

Agence nationale de l'habitat : voir Anah

Agent immobilier : Intermédiaire intervenant lors d'opérations d'achat, de vente ou encore de location. Réglementée par la loi Hoguet de 1970 et renforcée par la loi ALUR de 2014, la profession d'agent immobilier recouvre plusieurs obligations :

• être titulaire d'une carte professionnelle (délivrée par la préfecture) ;
• disposer d'une garantie financière auprès d'une entreprise d'assurance ;
• souscrire une assurance de responsabilité civile professionnelle ;
• avoir un mandat écrit du client qui l'autorise à négocier et/ou s'engager en son nom.

Aide personnalisée au logement : voir APL

Aliénation des parties communes : Attribution ou vente d'un lot commun en jouissance exclusive. Il existe des aliénations volontairement consenties par le syndicat de copropriété, ou contraintes en vertu de dispositions législatives ou réglementaires.

ALF (Allocation de logement familiale) : Aide sociale au logement, octroyée sous conditions de revenus et qui s'adresse aux locataires ou propriétaires en cours de remboursement de leur prêt ne pouvant prétendre à l'APL. Elle concerne principalement les foyers comptant plusieurs enfants nés ou à naître, ou d'autres personnes à charge.

ALS (Allocation de logement sociale) : Aide sociale sous condition de revenus, qui peut être versée à un locataire, au résident d'un foyer ou au propriétaire primo-accédant en remboursement de prêt lorsque ces derniers ne remplissent pas les conditions pour bénéficier de l'aide personnalisée au logement (APL) ou encore de l'allocation de logement familiale (ALF). C'est le cas, en particulier, des couples modestes et sans enfant à charge (retraités, jeunes travailleurs…).

ALUR : voir Loi ALUR

Amortissement : Terme comptable qui signifie que chaque année, l'actif se dégrade naturellement et perd de la valeur (les murs s'effritent, la toiture se dégrade, etc.). Sous certains régimes immobiliers comme le LMNP option réel ou la SCI à l'IS, cette perte de valeur est une charge, fictive, car sans sortie de cash concomitante, amortissable et à ce titre, fiscalement déductible.

Ampère (A) : Unité d'intensité d'un courant électrique. L'intensité correspond à la quantité d'électricité passant dans un circuit par unité de temps.

Anah (Agence nationale de l'habitat) : Établissement public chargé de veiller au développement et à l'amélioration du parc de logements privés, l'Anah dispense des aides financières aux propriétaires-occupants que leurs revenus modestes empêchent de réaliser des travaux d'amélioration de leur résidence principale ainsi qu'aux propriétaires-bailleurs de logements locatifs, en échange de contreparties sociales.

ANC (assainissement non collectif) : Procédé qui consiste à traiter les eaux usées domestiques, et accessoirement les eaux pluviales, sans faire appel aux égouts du réseau collectif. Le principe identifie tous les moyens et techniques de filtrage, ainsi que les systèmes de collecte, qui ne nécessitent pas le déplacement des eaux usées. L'assainissement non collectif est couramment appelé assainissement autonome.

Annexion : Appropriation d'une partie commune sans avoir demandé au préalable l'autorisation de l'assemblée générale des copropriétaires.

APL (aide personnalisée au logement) : Dispositif permettant d'apporter une aide financière aux locataires d'un logement conventionné mais aussi aux propriétaires ayant bénéficié d'un prêt conventionné pour l'acquisition de leur résidence principale. Accordées selon la nature de l'habitation et la composition de la famille qui y réside, les APL permettent de réduire le montant des loyers (en cas de location) ou les mensualités (en cas de prêt immobilier).

Appel de fonds : Réglés par les copropriétaires au syndic, ils peuvent servir pour régler les charges générales. Ils sont généralement payés en début de chaque trimestre ou pour régler les travaux et dépenses exceptionnelles.

Apport personnel : Somme d'argent venant en complément d'un crédit dans le cas d'un achat immobilier. *N.B.* les frais de notaire ne sont pas financés par l'organisme prêteur.

Arrhes : Somme d'argent remise par un acquéreur potentiel à un vendeur et destinée à prouver sa motivation. L'acheteur peut toutefois renoncer à la vente. Il devra alors renoncer aux arrhes qu'il aura déjà versées.

Arrérages : Sommes dues d'avance et de manière périodique (comme une rente par exemple) à un créancier.

Assainissement : Ensemble des techniques d'évacuation et d'épuration des eaux usées. L'assainissement a pour fonction de collecter les eaux usées, puis de les débarrasser des pollutions dont elles se sont chargées avant de rejeter l'eau épurée dans le milieu naturel. La collecte des eaux usées d'une maison varie selon que le terrain sur lequel est construit le bâtiment est raccordé au réseau communal (le plan local d'urbanisme ou le plan d'occupation des sols imposent alors un assainissement dit « collectif ») ou au contraire que sa situation (parcelle isolée, milieu rural) exclut tout raccordement au réseau public des eaux usées (tout à l'égout). Dans ce dernier cas, un assainissement non collectif (ou autonome) s'impose.

Assainissement non collectif : voir ANC

Assemblée de copropriétaires : Réunion de tous les copropriétaires au cours de laquelle sont prises les décisions les plus importantes ayant trait au bon fonctionnement de la copropriété. L'assemblée peut être réunie chaque fois qu'une décision importante doit être prise et que le syndic de copropriété l'estime nécessaire mais aussi si plusieurs copropriétaires représentant au moins 1/4 des voix des copropriétaires, le conseil syndical ou son président en font la demande au syndic par lettre recommandée avec accusé de réception. Les décisions sont prises à des majorités différentes (majorité simple, absolue, double majorité ou unanimité) en fonction de l'importance qu'elles revêtent. L'assemblée des copropriétaires a lieu au minimum une fois par an et au plus tard dans les 6 mois qui suivent la fin de l'exercice comptable

Assemblée générale ordinaire : Réunion qui se tient au moins une fois l'an, à laquelle sont conviés par le syndic tous les copropriétaires, afin qu'ils prennent part aux votes des résolutions à l'ordre du jour.

Assemblée générale extraordinaire : Assemblée qui n'est pas « ordinaire ». On peut y débattre de tous les problèmes des questions spécifiques : travaux, etc., sur lesquelles on n'a pu délibérer en assemblée générale ordinaire, elle permet de pouvoir prendre des décisions sans attendre l'AG ordinaire ; les règles de convocation, déroulement, votes sont exactement les mêmes que pour les assemblées générales ordinaires.

Association française de NORmalisation : voir AFNOR

Association foncière urbaine : voir AFUL

Association Départementale d'Information sur le Logement : voir ADIL

Assurance décès invalidité : Type d'assurance comprenant à la fois les garanties d'une assurance décès et celles d'une assurance invalidité. Cette couverture protège l'emprunteur, sa famille et l'établissement de crédit. En France, elle est souvent exigée par les banques lors de la souscription d'un emprunt immobilier. L'assurance décès invalidité peut également proposer, en option, une couverture en cas de perte d'emploi.

Assurance de dommage ouvrage : Obligatoire depuis le 4 janvier 1978, cette assurance permet le remboursement des travaux de réparation des dommages couverts par la garantie décennale intervenus à la suite d'un sinistre. En cas de défauts subis par l'ouvrage, la garantie permet la réparation rapide et ne cherche pas la responsabilité.

Assurance emprunteur : Garantie du remboursement intégral du capital restant dû en cas de décès ou d'invalidité permanente de l'emprunteur. Elle peut aussi, selon les formules, prendre en charge le paiement des échéances en cas d'incapacité temporaire de travail ou de perte d'emploi. Il est impossible d'obtenir un crédit immobilier sans assurance.

Assurance habitation : Contrat d'assurance dont le but est de protéger un logement, ainsi que les biens qu'il renferme, contre divers sinistres qui peuvent survenir (incendie, cambriolage, vandalisme, dégâts des eaux, etc.). L'assurance habitation prend en charge la responsabilité civile du souscripteur et celle des membres de sa famille. Elle est obligatoire pour les locataires d'appartements ou de maisons individuelles.

Assurance « loyers impayés » : Garantie pouvant être souscrite auprès d'une banque ou d'une compagnie d'assurances, cette assurance a pour but d'aider les propriétaires à faire face aux éventuelles défaillances de leurs locataires en prenant en charge loyers impayés, dégradations constatées après le départ du locataire, départ prématuré du locataire et frais de contentieux relatifs au recouvrement des loyers impayés. Le montant de l'assurance « loyers impayés » est variable mais correspond le plus souvent à 3 ou 4 % du montant annuel du loyer et des charges.

Astreinte : Clause imposant une indemnité à payer par période de retard dans l'exécution d'une obligation comme des travaux de copropriété. À ne pas mélanger avec la clause pénale qui prévoit une sanction pécuniaire révisable par un juge.

Audit énergétique : Analyse complète des performances énergétiques du bâtiment, destinée à connaître ses points de déperdition d'énergie et à proposer des solutions pour améliorer son efficacité énergétique. C'est un outil d'aide à la décision, il permet de déterminer les travaux à réaliser en priorité pour réduire son impact environnemental et économiser sur sa facture d'énergie. Centre-Val de Loire Énergies propose un audit énergétique certifié RGE.

Auto-construction : Cas de figure dans lequel c'est le particulier lui-même qui réalise tout ou partie des travaux de construction de son habitation. Une fois le terrain à bâtir acquis, c'est alors son propriétaire qui exécute lui-même les travaux ou en confie la réalisation à un ou plusieurs sous-traitants, professionnels du bâtiment. Dans le cas de l'autoconstruction, les contrats par lesquels les différents intervenants se sont vu confier une partie du chantier ne doivent pas dépasser 50 % du coût de construction.

Autofinancement : Loyer mensuel généré par votre investissement qui permet de couvrir toutes les charges : mensualités du crédit, charges d'entretien et de copropriété, la taxe foncière, l'éventuelle vacance locative ou turnover, les impôts et les prélèvements sociaux, les frais de gestion locative, etc. L'autofinancement est le Graal de l'investissement locatif.

Autorisation de stationnement : Permission délivrée par la mairie ou le commissariat de police. Celle-ci donne droit, aussi bien aux professionnels qu'aux particuliers, à une place de stationnement pour un type de véhicule spécifique, durant toute la durée du déménagement. Selon les villes, cette autorisation peut être payante ou gratuite. Si le déménagement est effectué par des professionnels, la demande de stationnement est généralement prise en charge par les déménageurs.

Avance permanente de trésorerie : Réserve financière prévue dans le règlement de copropriété et plafonnée à deux douzièmes du budget annuel de charges. Elle permet de constituer un fonds de roulement pour pouvoir honorer des dépenses urgentes et indispensables.

Avant-contrat : Contrat préparatoire qui réglemente et établit les conditions de vente du contrat définitif à venir. Lors d'un achat immobilier, ce document peut prendre la forme d'un compromis ou d'une promesse de vente. Bien que légalement facultative, la signature d'un avant-contrat est souvent exigée. Toutefois, après le paraphe, l'acheteur particulier d'un bien à usage d'habitation bénéficie d'un délai de rétractation de 10 jours.

Avarie : Dommage à un meuble ou un objet survenu pendant le déménagement. Celui-ci devra être signalé à la société de déménagement dans un délai de 10 jours et par lettre recommandée. Il sera alors couvert par la garantie contractuelle ou dommage qui aura été signée lors du devis.

Avenant : Convention conclue afin de modifier un contrat antérieur. Dans le cas d'une location, un bail peut ainsi se voir complété par un avenant en cas de changement de locataire ou encore de garant.

Ayant-droit : Personne disposant d'un droit lui étant conféré en raison du lien (juridique, fiscal, familial, etc.) qu'elle entretient avec celui dont elle l'a acquis.

B

Bailleur : Personne qui loue le bien immobilier dont elle est le plus souvent propriétaire à un locataire. De son côté, le locataire est tenu de payer des loyers à son bailleur. Voir aussi LMNP et LMP

Bail commercial : Contrat par lequel un propriétaire met à la disposition d'un locataire un bien immobilier afin qu'il y exerce une activité commerciale, industrielle ou artisanale. À l'expiration du contrat du bail initial, le bail peut être renouvelé (avec l'accord du bailleur ou par tacite reconduction) ou interrompu. Dans ce cas, une indemnité d'éviction sera versée au locataire qui se sera vu délivrer congé. Sa durée ne peut en aucun cas être inférieure à 9 ans. Toutefois, le locataire est en droit de résilier le bail après chaque période de 3 ans. Le propriétaire devra néanmoins avoir été alerté au moins 6 mois auparavant. Enfin, il est à noter que les loyers d'un bail commercial peuvent être révisés non seulement à chaque renouvellement mais aussi au cours du bail.

Bail d'habitation : Contrat de location conclu entre un bailleur, généralement propriétaire du logement et un locataire. Dans le bail sont consignés les droits et obligations de chacune des parties du contrat. S'il est valable, un bail a valeur de titre d'occupation entre les mains du locataire qui s'en prévaut.

Bail meublé : Contrat de location d'habitation principale meublée. La durée de ce bail est légalement fixée à un an (ou 9 mois lorsque le locataire est étudiant ou apprenti). Jusqu'à ce jour, la loi ne donnait pas de liste des équipements que doit comporter un logement meublé. Seule la jurisprudence indiquait que le logement devait comporter des équipements essentiels à une vie normale (aussi bien le mobilier que les ustensiles de cuisine). Un décret d'application de la loi ALUR dresse une liste des équipements que doit nécessairement comporter une location meublée.

Bail mixte : Contrat de location portant sur un bien immobilier dont une partie sera dédiée à l'habitation et l'autre réservée à l'exercice de la profession du locataire.

Bail mobilité : Bail signé entre le propriétaire d'un logement meublé et un locataire considéré comme occupant temporaire (étudiant, salarié en mission temporaire ou en formation professionnelle…). Le bail est d'une durée allant de 1 à 10 mois. À l'échéance du bail : Date à laquelle expire le bail, compte tenu de la durée pour laquelle il a été signé, le propriétaire et le locataire ne peuvent pas signer un nouveau bail mobilité pour le même logement.

Balance générale : Document comptable qui permet de faire le point des crédits et des débits par comptes et permet donc de savoir si le solde est négatif ou positif. Il est préférable de parler de « situation de trésorerie ».

Ballon à accumulation : Réservoir permettant de stocker l'eau chaude produite par votre chaudière, pour vous permettre d'en disposer à tout moment instantanément.

Ballon thermodynamique : Constitué d'un ballon d'eau chaude et d'une pompe à chaleur. Il utilise l'air ambiant pour chauffer l'eau.

Bâtiment
• basse consommation : voir BBC
• à énergie passive : voir BEPAS
•à énergie positive : voir BEPOS

Baux : Pluriel de bail

BBC (bâtiment basse consommation) : Construction dont la principale caractéristique est d'être peu « énergivore ». En effet, une maison ne peut revendiquer le label BBC qu'à la condition que sa consommation énergétique soit comprise entre 40 et 65 kWh/m^2/an. Modulable en fonction de la région où le bâtiment sera situé, cette consommation devra faire l'objet d'une certification après achèvement des travaux.

BEPAS (bâtiment à énergie passive) : Construction dont les besoins énergétiques en chauffage ou en climatisation ne doivent pas dépasser un maximum de 15 kWh par mètre carré et par an. Ces structures se caractérisent donc par un très faible niveau de consommation énergétique, une forte étanchéité à l'air et l'utilisation de matériaux ou équipements performants.

BEPOS (bâtiments à énergie positive) : Délivré par un organisme certifié, ce label indique qu'un bâtiment produit non seulement plus d'énergie qu'il n'en consomme mais aussi qu'il produit lui-même l'énergie dont il a besoin, *via* l'utilisation d'équipements spécifiques. Outre une consommation d'énergie non renouvelable devant être inférieure à la production renouvelable, le label BEPOS implique également que les obligations prévues par le label « Effinergie + » (notamment en termes de perméabilité à l'air) soient respectées et que l'énergie grise, c'est-à-dire la quantité d'énergie nécessaire à la fabrication des matériaux mais aussi à leur la construction et à leur déconstruction, fasse l'objet d'une évaluation.

Béton : Matériau de construction composite constitué d'un mélange de granulats naturels (sable, gravillons, etc.) ou artificiels (granulats légers) que l'on agglomère *via* l'adjonction d'un liant. Il peut être armé, précontraint, à « hautes performances », projeté ou encore fibré.

Béton cellulaire : Alliage de chaux, de sable, d'eau et de ciment. Composé de millions de bulles, il devient ainsi hautement isolant. Il permet d'atteindre l'objectif d'énergie primaire (une consommation de 50 kWh/m^2/an) ce qui en fait le matériau privilégié pour la construction de maison passive et BBC. Autre atout : sa ventilation. Il freine et amortit les flux d'air entrants et sortants. Ce qui en fait une excellente barrière contre les incendies.

BIC (bénéfices industriels et commerciaux) : La location meublée (professionnelle ou non) correspond à une activité commerciale et entre dans la catégorie fiscale des revenus commerciaux et non des revenus fonciers. Les profits générés par la location sont donc considérés comme des Bénéfices Industriels et Commerciaux (BIC) qui sont imposés soit au micro Bic régime forfaitaire (abattement de 50 %) soit au régime réel simplifié (obligatoire si loyers > 70 000 €), soit au régime réel non simplifié (obligatoire si loyers > 238 000 €).

Bien (immobilier) : Toute chose ne pouvant être déplacée parce que rattachée à la terre. Un terrain, un appartement ou encore une maison sont ainsi des immeubles « par nature ». En revanche, un meuble scellé (un miroir, par exemple) et dont le démontage risquerait d'endommager le mur sur lequel il est fixé peut-être qualifié d'immeuble « par destination ». Même si l'on ne naît pas immeuble, on peut le devenir…

Bien locatif : Bien immobilier destiné par son propriétaire à être mis en location au profit d'un locataire. Il peut s'agir d'un logement ou d'une surface commerciale dont le locataire verse un loyer mensuel.

Bien sans maître : Bien immobilier vacant, dont le propriétaire est soit inconnu (aucun titre de propriété publié au fichier immobilier ou au livre foncier, aucun document cadastral), soit disparu, soit décédé.

Biomasse : Ensemble des matières organiques pouvant servir de source d'énergie.

Bon de visite : Document signé par l'acquéreur et permettant à l'agent immobilier d'apporter la preuve qu'il a rempli son obligation de faire visiter le bien qu'il a pour mission de vendre. En l'absence de bon de visite, le paiement de sa commission pourrait lui être contesté.

Bornage : Délimitation de deux propriétés voisines en déterminant leur limite séparative. Le bornage peut être amiable ou judiciaire. Dans le cadre d'un bornage amiable, les parties choisissent un géomètre expert qui établira un procès-verbal de bornage et posera les bornes sur le terrain. En cas de litige entre les parties, le juge désigne un géomètre. Le bornage est dit judiciaire.

Borniers : Dispositif de connexion conducteur servant à accorder plusieurs conducteurs électriques entre eux.

Bouches d'extraction ou d'évacuation : Orifice qui permet le passage de l'air du bâtiment vers l'extérieur. Elle est en général munie d'une grille ou équipée d'un jeu d'ailettes qui favorise la circulation de l'air.

Bouquet : On parle de bouquet dans un contrat de vente en viager. Il s'agit de la somme versée comptant le jour de la signature de l'acte chez le notaire. Le bouquet est une partie du montant de la vente. Le solde est converti en rente viagère.

Bouquet énergétique : Répartition des différentes sources d'énergie primaire dans la consommation énergétique finale.

Brique « Monomur » : Matériau fabriqué à partir de terre cuite. Sa structure alvéolaire permet de stocker l'air. En été, la maison reste fraîche et en hiver, ses performances d'isolation sont excellentes. En outre, la structure de la brique Monomur ne retient pas l'humidité. Elle rentre dans la construction d'une maison bioclimatique.

Budget de fonctionnement : Tableau de bord des dépenses et des recettes d'une structure. Appliqué à la copropriété, le budget de fonctionnement est la base sur laquelle se construit le budget prévisionnel.

Budget prévisionnel : Prévision de dépenses proposée au vote de l'assemblée générale annuelle et permettant au syndic de faire face aux dépenses courantes de maintenance, fonctionnement et administration des parties communes. Il sert de base au syndic pour déterminer et appeler trimestriellement la quote-part de charges à chaque copropriétaire. Il est établi en fonction des dépenses des années passées

Butane : Gaz combustible issu du pétrole.

C

Cadastre : Représentation cartographique du territoire national établie par les communes. Le plan cadastral est divisé en communes, les communes en sections et les sections en planches. Chaque mairie met gratuitement son cadastre à la disposition des citoyens qui voudraient le consulter. Sa valeur est davantage fiscale que juridique.

CAF (caisse d'allocations familiales) : Organisme public chargé de verser les aides à caractère familial. En immobilier, la CAF est chargée de verser les différentes aides au logement comme l'APL, l'ALS, l'ALF. Certains propriétaires bailleurs reçoivent parfois l'intégralité du loyer dû par leur locataire directement par la CAF.

Canalisation calorifugée : Canalisation revêtue d'un isolant (en mousse ou en bourrelets), maintenu par un ruban toilé, dans le but d'éviter les déperditions thermiques lors de la circulation du fluide.

Capacité d'emprunt immobilier : Montant du prêt que l'emprunteur peut obtenir d'un établissement financier pour concrétiser son investissement locatif. Cette somme est directement dépendante de la solidité de situation de l'emprunteur au moment où il contracte l'emprunt (type de contrat de travail CDI, CDD, intérimaire, chef d'entreprise…). Le critère le plus important est celui du taux d'endettement, généralement fixé à 35 % du revenu net mensuel de l'emprunteur. La règle du taux d'endettement peut être revue dans le cadre d'un investissement locatif, qui est générateur de loyers, et/ou avec l'aide d'un bon courtier. Les revenus locatifs viennent s'ajouter au revenu de l'emprunteur, permettant ainsi d'augmenter la capacité d'emprunt de l'investisseur.

Carence : Situation dans laquelle le syndic de copropriété ne remplit pas les fonctions pour lesquelles il s'est engagé auprès de l'assemblée générale *via* un mandat. Si une carence porte préjudice au syndicat des copropriétaires, le conseil syndical peut mettre à l'ordre du jour de la prochaine AG la révocation ou le non-renouvellement du syndic. Si l'affaire est portée au tribunal, un administrateur judiciaire peut être nommé provisoirement afin de se substituer au syndic.

Carnet d'entretien d'un immeuble collectif : Document regroupant les informations techniques importantes liées à l'entretien et à la maintenance de l'immeuble (contrats d'assurance, années de réalisation de grands travaux, études techniques réalisées, etc.). Institué par le syndic, qui en actualise régulièrement les données, le carnet d'entretien est mis à la disposition de tous les copropriétaires ou les candidats à l'achat qui en font la demande.

Cas de force majeure : Evénement extérieur possédant un caractère exceptionnel et insurmontable et ayant pour conséquence de dispenser de l'exécution d'une obligation ou de la retarder sans pénalité. Un cas de force de majeure peut ainsi exonérer la responsabilité du syndicat de copropriété dans le retardement de travaux suite à un évènement climatique par exemple.

Cash-flow : Anglicisme qui désigne tout simplement l'argent qu'il vous reste une fois que vous avez encaissé vos loyers et que vous avez payé vos mensualités de prêt ainsi que toutes vos charges. Pour connaître le véritable *cash-flow* généré par un investissement locatif, on mensualise les charges payées en général annuellement comme la taxe foncière. En résumé *cash-flow* = loyer - (mensualités de prêt + ensemble des charges mensualisées).

Cash-flow négatif : Si la somme des charges mensualisées et de la mensualité de prêt est supérieure au loyer mensuel, on parle alors de *cash-flow* négatif ou d'effort d'épargne. Dégager un « *cash-flow* négatif » n'est pas un mal en soi. C'est la résultante d'une stratégie d'investissement patrimoniale qui privilégie l'emplacement sur la pure logique de rendement locatif (exemple : achat à Paris par exemple).

Cash-flow positif : Investissement locatif pouvant viser un *cash-flow* positif dans le cadre d'une stratégie de rendement. En d'autres termes, le loyer perçu doit être supérieur à l'ensemble des charges et de la mensualité de remboursement du prêt. Il s'agit d'une stratégie focalisée sur la performance financière du sous-jacent plutôt que sur l'emplacement.

Caution : Personne s'étant engagée à prendre le relais d'une autre au cas où celle-ci se trouverait dans l'impossibilité de remplir son obligation. Attention : en cas de défaillance d'un locataire pour lequel vous vous seriez porté caution, vous seriez obligé de vous acquitter vous-même de ses loyers impayés…

Caution locative étudiante : voir CLÉ

Caution simple : En cas de défaillance de celui pour lequel une personne s'est portée caution « simple », le créancier devra se retourner d'abord vers son débiteur. Ce n'est que s'il n'obtient pas satisfaction (insolvabilité ou échec de la procédure) qu'il pourra se retourner vers la caution dans un second temps.

Caution solidaire : En cas de défaillance de celui pour lequel on s'est porté caution « solidaire », le créancier/bailleur pourra poursuivre directement la caution sans avoir exercé de recours préalable auprès du débiteur/locataire. Il sera libre de choisir.

Cautionnement : Contrat par lequel une personne (la caution) se porte caution d'une autre et s'engage auprès d'un créancier à payer elle-même la dette de son débiteur en cas de défaillance de celui-ci. Prévu à l'article 2288 du Code civil, l'extrême gravité et les conséquences potentiellement désastreuses de ce contrat font qu'un certain formalisme doit être respecté lors de sa conclusion. Notamment dans l'obligation faite à la caution d'écrire de sa main le montant de la somme (en toutes lettres et chiffres) due en cas d'impayé. Si aucune durée d'engagement n'est mentionnée dans l'acte de cautionnement, la caution peut mettre fin à son engagement à tout moment par lettre recommandée avec avis de réception. Elle reste toutefois tenue des dettes locatives jusqu'à l'expiration du bail du locataire. Mais si une durée précise figure dans l'acte, alors la caution n'est engagée que jusqu'à ce terme.

CCMI (contrat de construction maison individuelle) : Acte juridique soumis à la réglementation de la loi de 1990 et dans lequel il est fait mention de la désignation du terrain à bâtir, des travaux d'adaptation au sol, de la description de la maison, de la date d'ouverture du chantier, du délai à l'expiration duquel l'habitation devra être livrée, du montant des pénalités dues en cas de retard, du coût définitif de la maison et des modalités de paiement. Soumis au Code de la Construction et de l'Habitation, cet accord prévoit des paiements à la fois réglementés et étalés en fonction des différents stades de la construction de l'habitation et veille à ce que soient respectées les garanties obligatoires (garantie de remboursement des acomptes, garantie décennale, garantie dommage-ouvrage, etc.) au contrat.

Cellule photovoltaïque : Composant électronique semi-conducteur qui génère un courant électrique continu lors de son exposition à la lumière.

Censi-Bouvard (Dispositif) : Dispositif fiscal qui ouvre droit aux acquéreurs d'un bien dans une résidence avec services pour étudiants, touristes, seniors dépendants ou non, à une réduction d'impôt de 11 % pendant 9 ans et à une récupération de la TVA. Le bien est loué en bail commercial *via* une société d'exploitation.

CéQuaMI (certification qualité en maisons individuelles) : voir Certification

Certificat d'urbanisme : Document listant les règles d'urbanisme en vigueur sur un terrain donné et permettant de vérifier qu'un projet de construction est réalisable ou non. Qu'il s'agisse d'un certificat d'urbanisme d'information (y figurent non seulement les règles d'urbanisme applicables mais aussi les limitations administratives et les taxes en vigueur) ou opérationnel (renseignant sur la possibilité de réaliser son projet et l'état des équipements publics, actuels ou dont l'installation est prévue), il n'est pas obligatoire de se faire délivrer un tel document. Cela reste toutefois vivement recommandé.

Certification « NF HQE » : Certification délivrée par le CéQuaMI (Certification Qualité en Maisons Individuelles). Ce label atteste qu'en plus d'avoir été bâtie dans le respect de la réglementation en vigueur et par des artisans qualifiés, une maison labellisée « NF Maisons Individuelles HQE » respecte l'environnement. Aussi bien au cours du chantier (le site sur lequel se dresse le bâtiment ayant été préservé au maximum) que postérieurement à l'achèvement des travaux. Une maison certifiée « NF HQE » affiche ainsi des performances énergétiques remarquables (charge d'entretien et de maintenance diminuée, consommation d'énergie et d'eau réduites). Celles-ci dépassent même les scores prévus par la RT 2005. Remplacée par la RT 2012 pour tous les bâtiments neufs dont le permis de construire a été déposé après le 1er janvier 2013, cette réglementation thermique avait pour but de maîtriser la consommation d'énergie et de limiter l'émission de gaz à effet de serre des bâtiments.

Certification « NF maisons individuelles » : Décernée par le CéQuaMI (Certification Qualité en Maisons Individuelles), cette norme atteste des qualités du bâtiment qui en est revêtu. Et par conséquent, de la fiabilité du constructeur à qui le chantier a été confié. Sans coûter plus cher qu'une maison traditionnelle, une maison bénéficiant du label « NF maisons individuelles » apporte la preuve officielle à son propriétaire qu'elle a été construite non seulement dans le respect de la réglementation en vigueur mais aussi en suivant une certaine procédure et selon des critères d'exigence précis. Les travaux auront notamment été réalisés par des professionnels qualifiés qui auront fait preuve du niveau d'expertise requis, se seront prêtés à des contrôles réguliers menés par un organisme indépendant, auront conduit le chantier dans les règles de l'art, livré l'ouvrage non seulement dans le délai imparti mais aussi au prix convenu et n'auront utilisé que des équipements ainsi que des matériaux dûment certifiés. Il est à noter qu'un bâtiment ne pourra se prévaloir du label de haute performance énergétique (HPE) que s'il s'est préalablement vu attribuer la certification « NF maisons individuelles ».

Certificats d'Économies d'Énergie : Dispositif qui repose sur une obligation de réalisation d'économies d'énergie imposée par les pouvoirs publics aux vendeurs d'énergie appelés les « obligés » (électricité, gaz, chaleur, froid, fioul domestique et nouvellement les carburants pour automobiles). Ceux-ci sont ainsi incités à promouvoir activement l'efficacité énergétique auprès de leurs clients : ménages, collectivités territoriales ou professionnels.

Chaleur douce : Expression utilisée pour caractériser un fonctionnement à basse température des émetteurs à eau chaude. Cette expression a été reprise par les fabricants d'appareils de chauffage électrique. Cela permet un meilleur confort de chauffe avec une part de rayonnement plus importante et un chauffage moins agressif ne modifiant pas les propriétés de l'air.

Charges de copropriété : Dépenses engagées par la copropriété et à la charge des copropriétaires à hauteur de leur quote-part. « Générales », les charges de copropriété visent à entretenir, conserver et administrer les parties communes de la copropriété. « Spéciales », elles visent certains équipements plus utiles à certains copropriétaires qu'à d'autres. En cas d'installation d'un ascenseur, un copropriétaire dont l'appartement serait situé au 6e étage sera davantage mis à contribution, financièrement parlant, qu'un autre qui habiterait au rez-de-chaussée…

Charges locatives : Dépenses d'entretien et de fonctionnement à la charge du locataire et relatives à l'usage du logement (y compris des parties communes). Certaines charges dites « récupérables » sont avancées par le propriétaire *via* un système de provisionnement mais répercutées par la suite sur le locataire. Chaque fin d'année, les comptes sont régularisés. Le locataire doit alors percevoir (ou au contraire payer) la différence. Pour info, la taxe d'habitation est due par celui qui occupe le logement au 1er janvier de l'année. Il peut donc s'agir soit du propriétaire soit de son locataire.

Charpente : Élément du gros œuvre (au même titre que les fondations, l'édification des murs ou encore la toiture), la charpente permet d'assurer une bonne solidité au bâtiment qui en est doté et de préparer la pose ultérieure de la toiture. À côté du modèle traditionnel (de fabrication artisanale), il est à noter qu'un nombre de plus en plus important de charpentes dites « à fermettes » (de conception industrielle) équipe désormais les habitations.

Chasseur immobilier : Professionnel de l'immobilier dont le rôle est d'aider le futur acquéreur dans la recherche de son futur bien. Le chasseur immobilier prend en charge la recherche de maison ou d'appartements après signature d'un mandat de recherche et gère l'ensemble des démarches pour le compte du futur acheteur. Soumis à la loi Hoguet, le chasseur immobilier connaît parfaitement les prix, les biens disponibles, les propriétaires et les quartiers. Il analyse les besoins et les critères de ses clients et prospecte en leur nom pour trouver la perle rare.

Chaudière à condensation : Chaudière qui récupère la vapeur contenue dans les gaz de combustion pour réchauffer l'eau du circuit de chauffage central.

Chaudière au fioul à condensation : Chaudière qui produit de la chaleur en brûlant du fioul et récupère l'énergie issue des condensats (la fumée émise par la condensation) ce qui augmente le rendement de la combustion.

Chaudière basse température : Chaudière fonctionnant à température plus basse qu'une chaudière standard, pour réduire sa consommation énergétique.

Chaudière murale : Chaudière à gaz installée contre un mur.

Chaudière thermodynamique : Chaudière qui produit de l'eau chaude sanitaire en puisant dans les calories de l'air grâce à une pompe à chaleur.

Chauffage central : Basé sur une production de chaleur centralisée (chaudière par exemple), distribuée ensuite dans le logement par un système de boucles d'eau chaudes.

Chauffe-eau solaire individuel : Système regroupant capteurs solaires et ballon d'eau chaude. Le chauffe-eau solaire individuel (CESI) transforme le rayonnement solaire en énergie. Il permet de couvrir jusqu'à 70 % des besoins en eau chaude d'une famille.

CITE (crédit d'impôt pour la transition énergétique) : Dispositif permettant de réduire l'impôt du foyer à hauteur de 30 % des dépenses engagées dans l'année pour des travaux ou équipements d'amélioration énergétique. Cela inclut par exemple une chaudière à condensation, une pompe à chaleur ou divers matériaux d'isolation thermique.

Clause d'interdiction d'aliéner : Acte de donation qui peut prévoir que le bien transmis ne pourra pas être vendu, échangé ou donné. Une telle clause n'est valable qu'à condition d'être limitée dans le temps et de se fonder sur un intérêt sérieux et légitime. En effet, la clause d'inaliénabilité a pour but de protéger aussi bien un donataire dont la gestion laisserait à désirer qu'un donateur qui se serait réservé l'usufruit du bien cédé.

Clause résolutoire : Clause par laquelle les parties à un contrat (location ou vente, par exemple) prévoient par avance que le contrat sera résolu au cas où l'un des cocontractants n'exécuterait pas tout ou partie des obligations pesant sur lui. Pour info, la résolution d'un contrat revient à l'annuler. Contrairement à ce qui se produit en cas de résiliation, le contrat serait alors censé n'avoir jamais existé. Les sommes versées devront par conséquent être remboursées et les biens éventuellement remis rendus. Enfin, la résolution peut intervenir sans qu'un juge soit saisi.

Clause de solidarité : Disposition insérée au contrat de bail et stipulant qu'un colocataire sera tenu à payer l'intégralité du loyer en cas de défaillance d'un autre colocataire.

Clause suspensive : voir conditions suspensives

CLÉ (caution locative étudiante) : Dispositif de garantie publique, géré par les différents centres régionaux des œuvres universitaires et scolaires (CROUS). Il offre des facilités aux étudiants dépourvus de garants familiaux pour obtenir la location d'un logement. Il est ouvert à tous les étudiants âgés de moins de 28 ans, même si ces derniers disposent, par ailleurs, de revenus.

Clé en main : Transaction réalisée alors que l'immeuble est en projet ou en cours de construction mais dont la structure peut être modifiée pour les besoins de l'utilisateur.

Clé en main locatif : Opération réalisée pour les besoins propres d'un utilisateur qui en est le locataire.

Cloison : Paroi ayant pour but de séparer les différentes pièces d'une habitation entre elles. Parce qu'elle n'est pas porteuse, aucune autorisation du syndic n'est exigée si un copropriétaire souhaite abattre une cloison. En revanche, un locataire pourra être tenu, à son départ, de remettre son logement dans son état d'origine. Et donc, le cas échéant, de reconstruire les cloisons qu'il aurait abattues.

CO (monoxyde de carbone) : Gaz toxique, incolore, insipide et inodore qui se forme lors de la combustion incomplète de matières à base de carbone : charbon, papier, essence, gasoil, gaz, bois, etc. Plus léger que l'air, il diffuse rapidement dans l'atmosphère, et il est d'autant plus dangereux qu'il est indécelable

Coach immobilier : Personne accompagnant un propriétaire dans la vente de son bien. Le coach immobilier conseille le propriétaire, lui assure une stratégie afin de pouvoir vendre son bien, sans l'intermédiaire d'un agent immobilier.

Coaching immobilier : Concept qui permet au propriétaire vendeur d'un bien immobilier de se voir formé, conseillé et assurer une stratégie de communication, afin de traiter avec l'acheteur sans intermédiaire. En France, Particulier à Particulier (PAP.fr) a développé un service de coaching immobilier destiné aux particuliers vendeurs qui comprend un panel d'outils et de services : estimation, photos et vidéos 3D, diagnostics, filtrage des acquéreurs etc.

Codicille : Expression de la pratique notariale désignant des dispositions modifiant un testament antérieur ou contenant des précisions ou de nouvelles dispositions qui ne se trouvaient pas dans l'acte d'origine.

Ainsi, un codicille peut :

- Annuler ou révoquer un testament antérieur ;
- Nommer un exécuteur testamentaire ;
- Annuler un don, etc.

Coefficient climatique : Utilisé en cas de variation de prix sur une période de facturation. La proportion de kWh consommée avant et après le changement de prix est pondérée par ce coefficient climatique. Il varie en fonction de la saison (il est plus élevé en hiver qu'en été).

Coefficient de Performance : voir COP

Coefficient d'occupation des sols : voir COS

Cohabitation intergénérationnelle : Vise à faire vivre au sein d'un même logement un senior, et un jeune de moins de 30 ans. Le jeune bénéficie d'une chambre mise à disposition pour un loyer modeste ou en échange de services du quotidien comme des courses, de la présence, des déplacements en voiture, ou des petites réparations. C'est l'occasion pour une personne âgée de ne pas s'enfoncer dans une situation d'isolement, et pour un étudiant d'être logé convenablement à moindre coût.

Coliving : De l'anglais « co » (ensemble) et « living » (vivre). L'habitation meublée, se décompose en espaces privatifs (chambre d'une superficie de 20 à 30 m2, salle de bains, petite cuisine) et partagés (salon, salle de sport, salle de cinéma, espace de coworking, terrasse…).

Colocation : Contrat de location passé entre un bailleur et deux locataires au minimum. La colocation présente un double avantage : du côté des colocataires, le coût du loyer sera partagé entre eux ; du côté du bailleur, les risques de loyers impayés seront atténués par la possibilité dont il dispose de se retourner contre plusieurs personnes (avec un peu de chance, il s'en trouvera bien une qui sera solvable).

Coloti : Désigne chacun des propriétaires d'un terrain dans un même lotissement.

Combles : Espace séparant le plancher du dernier étage de la toiture d'une habitation, il peut être « perdu » (aucun aménagement n'est envisageable), « aménagé » (le volume est utilisable en l'état) ou encore « aménageable » (des travaux d'aménagement devront être réalisés).

Commissaire de justice : Créé par l'ordonnance 2016-728, le nouveau métier de commissaire de justice verra le jour dès juillet 2022. C'est la fusion de deux métiers qui devront disparaître d'ici 2026 : huissier de justice et commissaire-priseur judiciaire. Les missions principales sont par exemple de signifier et exécuter les décisions de justice, recouvrir des créances, et établir des constats d'état des lieux locatifs en cas de litige…

Commission : Rémunération de l'agent immobilier exigible à la signature définitive de l'acte de vente ou du bail. Son montant doit non seulement être indiqué dans le mandat mais aussi se conformer au barème en vigueur.

Commission de régulation de l'énergie : voir CRE

Composés organiques volatils : voir COV

Compromis de vente : Contrat préparatoire à la vente (ou avant contrat). Il peut être notarié ou sous seing privé. Il définit les conditions de la vente (fixation du prix, éventuelles conditions suspensives, clause pénale par exemple). Il peut être rédigé par un notaire, un avocat ou un agent immobilier ayant reçu mandat. Le compromis de vente vaut engagement réciproque du vendeur et de l'acquéreur à vendre et acheter le bien aux conditions convenues. En principe l'acquéreur verse un acompte qui correspond en général à 10 % du prix de vente, mais cet usage n'est pas une obligation.

Compte propre : Opération réalisée pour les besoins propres d'un utilisateur qui en est le propriétaire.

Concubinage : Union de fait entre deux personnes. Elles vivent en couple au sein d'un même foyer, mais n'ont aucune obligation l'une envers l'autre. En cas d'acquisition d'un bien, cela se fera sous forme d'indivision.

Condensation : Retour de la vapeur d'eau à l'état liquide, au contact d'une paroi froide.

Condition suspensive : Clause qui suspend l'exécution du contrat jusqu'à la réalisation d'un évènement déterminé (par exemple, l'obtention d'un prêt ou d'un permis de construire). Si l'évènement se réalise dans la durée définie, le compromis sera définitif. À défaut, le compromis sera caduc, et le dépôt de garantie avancé par l'acquéreur lui sera restitué. Dans ce dernier, les parties peuvent convenir ensemble d'établir un avenant au compromis afin de prolonger la durée de réalisation de la condition suspensive.

Congé pour reprise : Possibilité pour le bailleur de demander le départ du locataire pour reprendre le bien en vue d'y habiter. Le bailleur doit respecter un préavis légalement déterminé (3 mois pour les logements meublés et 6 mois pour les locations nues, à la fin du bail). La reprise ne peut bénéficier qu'au bailleur lui-même ou à son conjoint, le partenaire auquel il est lié par un pacte civil de solidarité enregistré à la date du congé, son concubin notoire depuis au moins un an à la date du congé, ses ascendants, ses descendants ou ceux de son conjoint, de son partenaire ou de son concubin notoire. Le congé doit, à peine de nullité être envoyé par lettre recommandée avec demande d'avis de réception, indiquer le motif allégué et les nom et adresse du bénéficiaire de la reprise ainsi que la nature du lien existant entre le bailleur et le bénéficiaire de la reprise

Congé pour vente : Congé pour vente donné par un bailleur à son locataire en respectant un préavis de 6 mois avant la fin du bail. Le bailleur doit respecter un préavis légalement déterminé (3 mois pour les logements meublés et 6 mois pour les locations nues, à la fin du bail). Dans le cadre d'une location nue, le congé doit, à peine de nullité, respecter un formalisme particulier et être envoyé par lettre recommandée avec accusé de réception ou par exploit d'huissier.

Conseil syndical : Chargé d'assister le syndic et accessoirement de contrôler sa gestion de la copropriété, il est constitué de copropriétaires élus par l'assemblée générale des copropriétaires. Chaque année, le conseil syndical rend compte de sa mission devant l'assemblée générale des copropriétaires.

Consistance d'un lot : Désigne le type de la structure physique du local. Il peut s'agir d'un appartement, d'une cave, d'une place de parking, etc.

Constat de risque d'exposition au plomb : voir CREP

Constructeur : Entreprise de bâtiment qui construit des maisons mais peut aussi faire appel à des sous-traitants qui travailleront alors sous sa responsabilité. L'un des principaux avantages de recourir à un constructeur tient dans son expertise. En effet, un constructeur est capable non seulement de livrer une maison (sur-mesure ou sur catalogue) prête à être habitée mais aussi de gérer les contraintes (techniques, financières, esthétiques, etc.) inhérentes à tout chantier de construction. Par souci de sécurité, il est fortement conseillé de choisir un constructeur affilié à un syndicat professionnel tel que l'Union des Maisons Françaises (UMF) ou dont les travaux sont soumis au régime juridique du Contrat de Construction de Maisons Individuelles de la loi de 1990 (CCMI). En effet, il sera alors tenu à livrer la maison dont vous lui aurez confié la réalisation au prix convenu et dans le délai imparti.

Constructible : Depuis la réforme de la TVA immobilière du 11 mars 2010, on qualifie de terrain constructible ou à bâtir (TAB) toute parcelle sur laquelle des constructions peuvent être autorisées ; en application d'un plan local d'urbanisme (PLU), d'un plan d'occupation des sols (POS) ou encore d'une carte communale. Pour info, avant la réforme de la TVA immobilière, un terrain constructible (ou « à bâtir ») désignait un terrain sur lequel on s'engageait à construire. Il est aussi à noter qu'en application de cette réforme, la vente d'un terrain à bâtir sera soumise à la TVA si le vendeur est un professionnel (aménageur lotisseur, marchand de biens, agriculteur, SCI). Au contraire, en cas de vente entre particuliers, la vente du terrain sera soumise à des droits de mutation.

Construction « en blanc » : Construction lancée sans vente ou sans location préalable à un utilisateur.

Construction « en gris » : Construction dont le chantier n'est lancé qu'après location ou vente de tout ou partie à un utilisateur.

Contrat aléatoire : Contrat précise que le gain ou la perte pour l'une ou l'autre des parties dépend d'un évènement imprévisible. Par exemple, pour une vente en viager l'aléa est le moment du décès du vendeur.

Contrat d'achat : Contrat entre le producteur photovoltaïque et l'acheteur. Le contrat d'achat est délivré par EDF AOA (Agence Obligation d'Achat) ou une Entreprise Locale de Distribution (ELD).

Contrat de construction de maison individuelle : voir CCMI

Contribution au service public d'électricité : voir CSPE

Contribution tarifaire d'acheminement : voir CTA

Convection : Mode de déplacement naturel de la chaleur : l'air chaud, plus léger, s'élève au-dessus du radiateur allumé, laissant l'air froid, plus dense, gagner le bas de l'appareil de chauffage. Il se créé ainsi une circulation de l'air qui réchauffe rapidement la pièce.

COP (coefficient de performance) : Détermine pour les pompes à chaleur le rendement entre l›énergie effectivement restituée et l›énergie consommée.

Copropriété : Immeuble ou ensemble immobilier, divisé en lots appartenant au moins à deux personnes distinctes, soumis à ce titre à une réglementation spécifique (loi de 10 juillet 1965) et à une organisation collective régie par un règlement de copropriété.

Copropriété horizontale : Ensemble de maisons individuelles sur un même terrain. Les maisons représentent les parties privatives, et les terrains les parties communes. Ce type de copropriété est souvent utilisé lorsque l'urbanisme n'autorise pas la division du terrain initial.

Copropriété verticale : Ensemble collectif divisé en plusieurs appartements et qui s'étend sur la hauteur. Dans un immeuble les appartements sont les uns au-dessus des autres.

Courant alternatif : Courant dont le sens change périodiquement. C'est le cas du courant électrique qui circule sur le réseau ERDF et qui alimente votre domicile.

Courant continu : Courant qui circule dans la même direction. C'est le cas du courant électrique produit par les panneaux photovoltaïques. Il ne peut pas être réinjecté tel quel sur le réseau, il est nécessaire de le transformer en courant alternatif, grâce à un onduleur.

Courtier : Intermédiaire entre un organisme financier, une banque et un particulier à la recherche d'un crédit pour financer l'acquisition de son bien. Son travail consiste à aider son client potentiel à constituer le mieux possible son dossier et à négocier auprès de plusieurs organismes prêteurs des taux attractifs en contrepartie du volume d'affaires important qu'il apporte aux banques. Le courtier en crédit immobilier est rémunéré uniquement au succès. Il peut être rémunéré par le client et/ou par la banque. S'il facture des frais de courtage directement au client en sus de ceux qu'il reçoit de la banque, il convient de vérifier que ces frais de courtage sont empruntables, et qu'ils aient été bien communiqués en amont à l'emprunteur et clairement indiqués sur le mandat de courtage signé par le client.

Couverture : Toiture d'une construction. Principalement destinée à protéger le bâtiment contre les intempéries (pluie, neige, vents violents, etc.), la couverture est le plus souvent composée de tuiles ou encore d'ardoises. Au même titre que les fondations d'une maison ou que sa charpente, la toiture fait partie du gros œuvre. Une fois la couverture posée, on dit de la construction qu'elle est mise « hors d'eau ».

COS (coefficient d'occupation des sols) : Détermine, pour chacune des parcelles situées dans les zones visées par le plan d'occupation des sols (POS) d'une commune et en fonction de la superficie de celle-ci, la densité de construction admise selon les règles d'urbanisme. Ce coefficient est exprimé en nombre de mètres carrés de plancher hors œuvre maximum pouvant être construits par mètre carré au sol.

COV (composés organiques volatils) : Ensemble de substances, toujours composées en partie de carbone, présentes dans l'air et qui peuvent être considérées comme polluantes.

CRE (commission de régulation de l'énergie) : Créée le 30 mars 2000, cette commission veille au bon fonctionnement du marché de l'énergie en France. Autorité administrative indépendante, elle s'assure que tous les producteurs et clients éligibles disposent d'un accès non discriminatoire aux réseaux.

Crédit d'impôt : Dispositif fiscal permettant aux ménages de déduire de leur impôt sur le revenu une partie des dépenses d'équipements occasionnées par les travaux d'amélioration énergétique qu'ils auront réalisés dans leur habitation principale. À partir du 1er septembre 2014, les contribuables, locataire ou propriétaire occupant, peuvent obtenir un crédit d'impôt « développement durable » (aussi appelé crédit d'impôt « vert ») de 30 %. Voir aussi CITE.

Crédit logement : Garantie alternative à l'hypothèque prise par la banque lorsqu'elle accorde un prêt à un client. Le principe est la participation à un fonds mutuel de garantie que la société récupère en fin de prêt. Cette solution est moins coûteuse qu'une hypothèque.

Crédirentier : Personne ayant le rôle de « vendeur en viager ». Il reçoit par l'acheteur (appelé débirentier) la somme convenue, composée de la rente et du bouquet.

CREP (contrat de risque d'exploitation en plombs) : Diagnostic obligatoire pour tous les logements dont le permis de construire est antérieur au 1er janvier 1949. Il informe le futur locataire ou l'acquéreur du bien sur la présence éventuelle de plomb, notamment au niveau des revêtements de mur et de plafond. Voir aussi Diagnostic plomb

Crowdfunding : Nouvelle forme de placements. Elle est innovante et en plein essor. Le principe est de co-investir dans une opération de promotion immobilière en France. L'investisseur prête une somme d'argent aux promoteurs ou marchands de biens pour financer un programme immobilier. En contrepartie, à la fin de la construction et de la commercialisation, le capital sera restitué avec le versement d'intérêts très attractifs allant de 6 à 12 %. Ce procédé permet aux entreprises d'accélérer leur développement tout en limitant leur apport en fonds propres. Pour ce faire, ce sont des plateformes dédiées qui assurent la récolte des fonds après avoir sélectionné des programmes adaptés. La plateforme doit être agréée par l'Autorité des Marchés Financiers (AMF) et possède un numéro Orias qui atteste de sa conformité en tant qu'intermédiaire.

CSPE (contribution au service public d'électricité) : Contribution fixée par arrêté ministériel, est perçue par les fournisseurs d'électricité pour compenser les charges liées à leur mission de service public : politiques de soutien à la cogénération et aux énergies renouvelables, production dans les zones non interconnectées au réseau électrique métropolitain continental, mise en œuvre de la tarification spéciale « produit de première nécessité » et participation au dispositif en faveur des personnes en situation de précarité, financement du budget du médiateur de l'énergie.

CSTBat : Certification créée et délivrée uniquement par le CSTB (Centre Scientifique et Technique du Bâtiment). Elle atteste de la conformité à l'Avis Technique des produits innovants. C'est une certification de conformité à un référentiel commun à l'ensemble de la famille de produit considéré et de performances définies par une valeur ou un classement.

CTA (contribution tarifaire d'acheminement) : Contribution fixée par arrêté ministériel. Proportionnelle au prix d'acheminement de l'énergie, elle est collectée par tous les fournisseurs d'énergie (gaz naturel et électricité), puis reversée à la Caisse Nationale de retraite des Industries Électriques et Gazières. Ce prélèvement forfaitaire a été mis en place par l'État en 2004. Depuis avril 2010, elle apparaît sur une ligne séparée de votre facture.

Cubage : Calcul du volume du déménagement. Il est effectué selon un barème standard ou par une estimation visuelle d'un conseiller lors de la visite technique.

D

DDT (dossier diagnostic technique) : Ensemble des diagnostics qui doivent être réalisés avant la vente ou la mise en location d'un bien immobilier. Il vise à fournir à l'acheteur ou au futur locataire une information claire et transparente sur l'état du logement dans un certain nombre de domaines, dont la performance énergétique, l'exposition au plomb ou à l'amiante, l'installation gaz et électricité, la présence de termites, etc.

Débirentier : Personne ayant le rôle « d'acheteur en viager ». Il verse au vendeur (le crédirentier) la somme convenue composée de la rente et du bouquet.

Déblocage progressif des fonds : En cas de construction d'un logement neuf, les paiements, devant être effectués par l'emprunteur, sont échelonnés. À mesure que le chantier progresse, le promoteur lancera des appels de fonds qui seront honorés par la banque de l'emprunteur.

Déclaration d'achèvement de travaux : Document faisant part à l'administration de l'achèvement des travaux et de la conformité de la construction à l'autorisation d'urbanisme accordée précédemment. Pour info, il est obligatoire de procéder à une déclaration attestant de l'achèvement et de la conformité des travaux (DAACT) sitôt les travaux de construction de sa maison terminés. Seuls les travaux ayant nécessité un permis de construire, un permis d'aménager ou une déclaration préalable doivent faire l'objet de cette déclaration.

Déclaration de valeur : Formulaire obligatoire qui permet de lister chaque meuble ou objet ainsi que leur valeur. En cas de perte ou de dommage, cette liste sera la référence pour le calcul du remboursement des biens perdus ou abîmés. Afin que les déménageurs puissent vérifier si la garantie proposée couvre l'intégralité des biens, la déclaration de valeur devra leur être retournée au moins 5 jours avant le déménagement.

Déclaration préalable : Acte administratif permettant à l'administration de vérifier qu'un projet de construction est bien conforme aux règles d'urbanisme en vigueur. Une déclaration préalable est obligatoire en cas de travaux créant entre 5 m^2 ou 20 m^2 de surface de plancher ou d'emprise au sol, modifiant l'aspect extérieur d'un bâtiment ou changeant la destination d'un bâtiment (transformation d'un local commercial en local d'habitation). La déclaration préalable devra être adressée en deux exemplaires par lettre recommandée avec avis de réception à la mairie de la commune où se tiendra le chantier.

Déficit foncier : Se dit lorsque les dépenses liées à un bien immobilier sont plus importantes que les sommes reçues par les loyers. Dans ce cas vous pourrez déduire ce montant de votre revenu global.

Délai de réflexion : Délai permettant à l'acquéreur de renoncer à son acquisition. Ce délai court à compter du lendemain de la première présentation de la lettre lui notifiant le projet d'acte authentique. Le délai de réflexion ne s'applique que dans le cas où l'acte authentique n'est pas précédé d'un avant-contrat.

Délai de rétractation : Délai de 10 jours s'écoulant après la signature du compromis de vente, pour renoncer à l'acquisition. Ce délai court à compter du lendemain de la première présentation de la lettre notifiant l'acte à l'acquéreur, ou, en cas de remise en mains propres par un professionnel ayant le rôle d'intermédiaire dans la réalisation de la vente, à compter du lendemain de cette remise.

Délégation d'assurance : Mécanisme permettant à l'emprunteur de choisir un contrat d'assurance différent de celui que lui propose l'établissement de prêt. Toutefois, ce type de contrat, aussi appelé assurance de prêt «hors banque «, doit être validé par l'établissement de crédit. Généralement, ce dernier exige un niveau de garantie au moins égal à celui de l'assurance de groupe.

Délégation de pouvoirs : Avant une assemblée générale, un copropriétaire peut « donner son pouvoir » à un autre sur tel ou tel point précis.

Délibération : Décision ayant donné lieu à un vote en assemblée générale des copropriétaires.

Déperditions énergétiques : Pertes de chaleur ou de fraîcheur vers l'extérieur du bâtiment, liées à des défauts d'étanchéité à l'air ou à un excès de ventilation.

Déperditions thermiques : Pertes de chaleur au travers des murs, plafonds, combles et menuiseries d'une habitation. Une maison mal isolée conserve donc mal la chaleur à l'intérieur du logement.

Dépôt de garantie : Somme d'argent demandée par le bailleur au locataire en début de contrat. Le bailleur conservera cette somme jusqu'au terme du bail. Ce dépôt de garantie ne sera restitué que déduction faite des sommes lui restant dues ou des sommes destinées à compenser les dégradations commises par le locataire.

Destination de l'immeuble : Définie dans le règlement de copropriété, elle indique l'usage de l'immeuble (habitation ou professionnel) et peut par extension restreindre les droits des copropriétaires en matière de jouissance des parties communes et même des parties privatives. Dans les faits, ce concept demeure flou en raison du manque d'éléments dans la loi de 1965, et rarement clairement explicité dans chaque immeuble.

Devis de déménagement : Document qui atteste l'engagement pris entre un particulier et une société de déménagement. Il doit comporter toutes les caractéristiques du déménagement comme la date et le lieu de chargement et de déchargement, le volume, le type de transport, la prestation choisie ainsi que le prix et les modalités de paiement. Il est également accompagné des conditions générales de vente.

DIA (droit d'intention d'aliéner) : Dans toute vente immobilière, la mairie est prioritaire selon la zone. Le notaire l'informe par un formulaire des conditions de la vente. La mairie dispose d'un délai de deux mois pour faire valoir son droit de préemption et ainsi se substituer au premier acquéreur en vue de réaliser des projets pour la commune. Si la mairie ne répond pas dans les deux mois alors le notaire considère qu'elle n'est pas intéressée et peut donc conclure la vente.

Diagnostic immobilier : Document remis par le vendeur (ou le bailleur) à l'acheteur (ou au locataire) et contenant divers diagnostics techniques : constat de risque d'exposition au plomb (CREP), état de l'installation intérieure au gaz, l'état des risques naturels, miniers et technologiques, etc.

Diagnostic mérule : Depuis la loi ALUR, il est imposé d'insérer dans la promesse de vente ou à défaut dans l'acte authentique, une information sur la présence d'un risque de mérule pour les zones concernées, qui seront déterminées par arrêté préfectoral.

Diagnostic de performance énergétique : voir DPE

Diagnostic plomb : Mesure de prévention contre le saturnisme, il vise à protéger une certaine tranche de la population (enfants, femmes enceintes...), dite à risque, contre l'intoxication par le plomb. La disposition est obligatoire pour les logements (biens à usage d'habitation) dont le permis de construire est établi avant le 1er janvier 1949.

Diagnostic termites : État concernant la présence des termites et autres insectes xylophages dans, ou à proximité, d'un logement en vente. Ce constat s'applique à tous types de biens immobiliers, quelle que soit leur affectation, dès lors qu'ils sont localisés dans une zone infectée (circonscrite par décret préfectoral). Le diagnostic termites est valable 6 mois.

Diagnostiqueur immobilier : Personne habilitée pour réaliser un état des lieux relatifs à la situation sanitaire et sécuritaire d'un logement.

Différé de remboursement : Dans le cadre d'un investissement locatif (pour peu qu'il y ait des travaux) il est possible de négocier un différé de remboursement (pouvant être de 6 mois à 2 ans). Cela veut dire que pendant la durée des travaux, vous n'aurez à rembourser que les intérêts. Cette stratégie est particulièrement intéressante car si les travaux durent moins longtemps que la durée du différé, vous toucherez des loyers, en ne remboursant que les intérêts d'emprunt. Tout au long du différé qui peut durer deux ou même 3 ans vous allez donc accumuler de la trésorerie.

Disjoncteur : Interrupteur automatique qui permet, en cas d'incident ou d'intervention sur l'installation intérieure, de couper le courant de toute votre installation électrique depuis un lieu unique, connu et accessible, en cas de dépassement de puissance souscrite, de court-circuit ou de défaut d'isolement (s'il est différentiel).

Distance de portage (déménagement) : Distance que les déménageurs devront effectuer à pied entre le lieu de stationnement du camion et l'entrée du domicile. À noter que les quelques mètres situés entre le trottoir et la maison, ne sont pas considérés comme du portage.

Domotique : Ensemble des technologies de l'électronique de l'information et des télécommunications utilisées dans les domiciles pour assurer des fonctions de sécurité, de confort, de gestion d'énergie et de communication.

Donation au dernier vivant : Permet d'augmenter la part d'héritage qui reviendra au conjoint survivant lors de la succession.

Donation avec réserve d'usufruit : Dans le cadre d'une donation, celui qui donne un bien (le donateur) se réserve le droit, par la réserve d'usufruit, d'y habiter et d'en jouir. Cette clause doit être insérée dans l'acte de donation. Le bénéficiaire de la donation ne reçoit que la nue-propriété.

Donation : Contrat par lequel une personne (le donateur) transfère la propriété d'un bien ou une somme d'argent à une autre personne (le donataire) sans contrepartie. La donation permet de transmettre de son vivant. Elle est officialisée par un acte notarié. Il existe plusieurs avantages fiscaux à procéder à des donations. Par exemple, chaque parent peut faire une donation de 100 000 € à chaque enfant tous les 15 ans.

Dossier diagnostic technique : voir DDT

DossierFacile : Plate-forme publique gratuite qui vise à faciliter la constitution d'un dossier de location en standardisant son processus. Les agents de cette plateforme vérifient les pièces justificatives téléversées et accompagnent les usagers pour en apporter les modifications nécessaires pour ensuite valider un dossier complet.

DPE (diagnostic de performance énergétique) : Examen réalisé par un expert sur un bien immobilier et ayant pour but d'établir son classement énergétique (de A – très performant thermiquement – à G – trop énergivore). Le DPE est obligatoire en cas de vente immobilière mais aussi de location. De même, en cas de publication d'une annonce immobilière, l'étiquette énergétique de l'appartement ou de la maison devra être indiquée. Afin d'inciter les propriétaires à faire effectuer des DPE sur leurs biens immobiliers en dehors des cas dans lesquels ils y sont obligés, les diagnostics eux-mêmes mais aussi les travaux de rénovation énergétique qui peuvent en découler permettent à ceux qui les font réaliser à leurs frais de bénéficier d'aides financières : éco-PTZ, crédit d'impôt « développement durable ».

Droit de préemption : Avantage conféré à une personne et lui permettant d'être alertée en priorité de l'intention d'une autre de vendre son bien à un certain prix. Ce droit a pour but de faire en sorte que celui qui en jouit puisse, s'il le souhaite, se porter acquéreur avant tout le monde.

Droit de rétractation : Possibilité offerte à l'acquéreur d'un bien ou au souscripteur d'un prêt de pouvoir annuler, librement et sans devoir fournir de motif, le contrat qu'il a passé pour peu que sa décision intervienne dans le délai imparti. La durée du délai est variable. À titre d'exemple, l'acquéreur d'un bien immobilier neuf dispose de 7 jours à compter de la date de la signature pour résilier la vente.

Droit d'intention d'aliéner : voir DIA

Droit d'usage et d'habitation : voir DUH

Droits d'enregistrement : Taxe s'appliquant à toute transaction à titre onéreux (vente, viager, etc.) portant sur un bien immobilier mais aussi sur l'usufruit ou la nue-propriété. Payés lors de la signature de l'acte authentique, les droits d'enregistrement sont au taux global de 5,80 %.

Droits de mutation : Impôts payés au notaire lorsqu'un bien change de propriétaire à l'occasion d'une vente. Leur montant varie en fonction de l'opération effectuée. Il existe des droits de mutation à taux réduit (0,715 %) ou à taux normal (5,09 % ou 5,80 %). Les ventes sont soit soumises aux droits de mutation, soit soumises à la TVA.

Droits de succession : Impôts prélevés sur le capital dont on a hérité et pouvant être collectés par le notaire. Le montant des droits de succession varie selon le degré d'éloignement successoral entre la personne décédée et son héritier.

Due diligence : Outre l'audit financier et comptable, la due diligence permet d'avoir une vision globale de l'entreprise en passant par les aspects juridiques et stratégiques. C'est une étape clé pour les plates-formes de financement participatif, car cela va leur permettre d'avoir une vision globale de la société.

DUH (droit d'usage et d'habitation) : Prérogative utilisée par le vendeur d'un bien en viager, qui conserve le droit d'utiliser le logement jusqu'à son décès. Le crédirentier peut alors y vivre, ou en percevoir les fruits, comme des loyers par exemple. Contrairement à l'usufruit, le DUH restreint l'exploitation du bien immobilier à hauteur des besoins personnels du vendeur.

Durée du crédit : Dans une stratégie d'investissement locatif qui génère un *cash-flow* positif, il est recommandé de rechercher la mensualité la plus faible possible. Cet objectif est possible si vous visez un emprunt sur une longue période de 20 à 25 ans. Le surcroît de coût de l'emprunt est relativement maîtrisé car les taux d'intérêt sont historiquement faibles, et est compensé par l'avantage en termes de trésorerie de l'allègement de la mensualité qu'une plus longue durée d'emprunt implique. En résumé, plus la durée de l'emprunt est longue, plus le montant de la mensualité est faible, plus le *cash-flow* du projet locatif a des chances d'être positif.

E

Éco-PTZ (éco-prêt à taux zéro) : Dispositif ayant pour but de financer (sans intérêts !) les dépenses destinées à améliorer les performances à la fois thermiques et énergétiques d'une habitation. Par extension, ce prêt couvre également les frais d'études ainsi que les travaux « induits », c'est-à-dire rendus nécessaires par la réalisation de travaux d'amélioration énergétique.

EHPAD (établissement hospitalier pour personnes âgées dépendantes) : Établissement hospitalier pour personnes âgées dépendantes (EHPAD) est une résidence aménagée et spécialement conçue pour répondre aux besoins des seniors en situation de dépendance. Les résidents y sont encadrés par une équipe composée d'aides-soignants ainsi que d'auxiliaires de vie. Le fait d'investir dans une résidence neuve de type EHPAD permet, grâce à la loi Censi-Bouvard, de bénéficier d'une réduction d'impôt pendant 9 ans.

Émargement : Document à signer lors d'une convocation à l'assemblée générale des copropriétaires afin d'avoir la preuve que son destinataire l'a bien reçue. Émarger consiste en effet à signer dans la marge.

Émoluments : Rémunération du notaire pour l'élaboration des actes (ventes, donation…). Elle est fixée par un barème et sera donc la même sur tout le territoire.

Emphytéote : Bail d'une durée comprise entre 18 et 99 ans portant sur un bien immobilier et conférant un droit réel (emphytéose) au preneur. S'il figure au Code rural (article L. 451-1), le bail emphytéotique n'est pas cantonné pour autant au milieu rural.

Empreinte écologique : Indicateur de mesure de l'impact des activités humaines sur le milieu naturel.

Encadrement des loyers : Interdiction faite au propriétaire de fixer un loyer supérieur à un montant maximum. Il ne s'applique que dans les communes situées en zone tendue. Dans certaines de ces communes, des règles encore plus strictes s'appliquent. C'est le cas des villes de Paris, Lille, Hellemmes, Lomme, et, depuis juin 2021, des villes de Plaine commune (Seine-Saint-Denis).

Enchères : Consiste à proposer un bien à un prix très attractif appelé mise à prix, que chacun pourra rehausser. Le bien ira au plus offrant. Ces ventes se déroulent dans les tribunaux de grande instance. L'acheteur est représenté par un avocat qui parlera en son nom. Au préalable une enchère maximale est fixée par le client qui remet à l'avocat un chèque de consignation de 20 %. Contrairement à une vente dite classique, il n'y a pas cette fois de condition suspensive de prêt, ni de délai de rétractation.

EnR (énergie renouvelable) : Source d'énergie qui se constitue ou se reconstitue plus rapidement qu'elle n'est utilisée.

Entrées d'air insonorisées / acoustiques : Entrées d'air réduisant la transmission sonore des bruits extérieurs au bâtiment.

Équipement collectif : Dispositif apportant des services à plusieurs lots dans l'immeuble et dont la gestion est à la charge de la copropriété. Il peut par exemple s'agir d'un ascenseur, d'une chaudière ou d'une piscine.

ERNMT (état des risques naturels, miniers et technologiques) : Document qui précise les risques auxquels le terrain peut être exposé : industriels, chimiques, inondations, séismes, mouvements de terrains, avalanches, etc.

Établissement hospitalier pour personnes âgées dépendantes : voir EPADH

État daté : Note de renseignements délivrée par le syndic au notaire, lui permettant d'informer officiellement les parties à la vente, des sommes dues correspondant au lot, des travaux votés en assemblée générale, de l'existence d'éventuelles procédures judiciaires, etc.

État de l'installation intérieure au gaz : Document visant à informer l'acheteur d'un bien sur le niveau de sécurité des équipements d'un logement. Comme l'état d'installation électrique, le vendeur qui y fait procéder n'est nullement tenu à faire réaliser les travaux que nécessiterait pourtant une installation en mauvais état. Cet examen concerne les logements dont l'installation de gaz a plus de 15 ans. Il doit être confié à un professionnel certifié (Cofrac).

État de l'installation intérieure électrique : Document fournissant un aperçu de la sécurité des équipements électriques et de l'état de l'installation intérieure d'électricité d'une habitation. Ne sont concernés que les logements dont l'installation électrique a plus de 15 ans d'ancienneté. Réalisé par un professionnel certifié par un organisme accrédité par le Comité français d'accréditation (Cofrac), le but de l'état de l'installation intérieure électrique est purement informatif. C'est-à-dire qu'il se borne à alerter l'acquéreur sur d'éventuels risques sans pour autant obliger le vendeur à procéder à une remise aux normes ou à faire réaliser des travaux en cas de mauvais état constaté de l'installation électrique.

État des lieux : Document détaillant l'état d'un bien loué lors de l'entrée ou de la sortie du locataire. L'état des lieux doit être établi en présence du locataire et du bailleur (ou de son représentant). Son but est de permettre de vérifier l'évolution de l'état du bien entre le moment où le locataire en prend possession et celui où il le quitte. Si des dégradations sont constatées, le dépôt de garantie pourra ne pas être restitué au locataire indélicat.

État des risques naturels, miniers et technologiques : voir ERNMT

État descriptif de division : Liste des lots d'une copropriété avec leurs descriptions et de ce qu'ils comprennent (nombre de pièces, situation en fonction des étages, leur usage...). Cet état figure la plupart du temps à la suite du règlement de copropriété et a été établi par un géomètre.

État parasitaire : Examen auquel un expert doit procéder en cas de vente d'un immeuble situé dans une zone susceptible d'être contaminée. La liste des zones « à risques » est établie par le préfet. L'état parasitaire vise particulièrement les insectes xylophages, tels que les termites dont la passion dévorante pour le bois cause des dégâts importants... Une fois réalisé, l'état parasitaire est annexé à l'acte de vente. Il ne doit pas avoir été réalisé plus de 3 mois avant que l'acte de vente ne soit établi.

Étude de sol : Analyse permettant de déterminer les caractéristiques (portance en kg/cm3, homogénéité, densité, risques éventuels d'affaissement) du terrain sur lequel il est envisagé de construire une habitation. Le constructeur adaptera les fondations (semelles armées ou non, dalle de sol, etc.) en fonction des données obtenues afin de coller au mieux aux caractéristiques du sol.

Expropriation : Procédure engagée par une personne publique (l'État ou une collectivité territoriale) envers un particulier ou une entreprise, visant à lui verser une indemnité contre la propriété du bien. Souvent les expropriations ont pour but la réalisation de projets comme des constructions de gares, ou d'infrastructures.

Expulsion : Mesure visant à mettre son locataire (s'il n'a pas libéré les lieux suite à un congé ou dont le bail a été résilié pour cause de loyers impayés) à la porte de l'appartement ou de la maison qu'il occupe. L'expulsion ne peut être pratiquée qu'à certaines périodes de l'année. Plus précisément, elle est interdite entre le 1er novembre et le 5 mars de chaque année, sauf s'il existe une possibilité pour que les locataires soient relogés.

Extranet : Espace numérique sécurisé introduit par la loi ALUR, sur lequel le syndic de copropriété doit mettre à disposition du conseil syndical et des copropriétaires l'ensemble des documents dématérialisés relatifs à la gestion de l'immeuble. Cela comprend notamment le règlement de copropriété, l'état descriptif de division, la fiche synthétique de la copropriété, le carnet d'entretien de l'immeuble, les différents contrats en cours, les PV des dernières AG ou encore des éléments comptables.

F

FAI (frais d'agence inclus) : Prix d'un bien immobilier affiché comprenant les frais d'agence. On parle aussi d'Honoraires d'agences inclus (HAi)

Financement participatif : Échange de fonds entre individus en dehors des circuits financiers traditionnels, afin de financer un projet *via* une plate-forme en ligne. Le financement participatif est l'appellation française de « crowdfunding ».

Foncière : Société dont l'objet est l'acquisition ou la construction d'immeubles pour les louer.

Fondations : Essentielles à la stabilité de tout bâtiment, les fondations permettent à la structure qu'elles soutiennent d'être efficacement ancrée dans le terrain, de voir sa charge correctement répartie et de bénéficier d'une assise correcte. Le plus souvent, les fondations d'une maison sont constituées de béton armé. Selon les spécificités du terrain, l'intervention d'un géologue pourra être requise.

Fonds d'investissement : Organisme de détention collective d'actifs financiers ou immobiliers gérés par une structure réglementée et agréée.

Fonds de commerce : Englobe tous les éléments corporels et incorporels nécessaires au développement et au fonctionnement d'une activité commerciale. Il rassemble par exemple le nom commercial, le logo, la clientèle, le matériel ou encore le stock. Le fonds de commerce peut être exploité par le propriétaire du local d'activité ou par le locataire.

Fonds de pension : Organisme financier qui gère l'épargne issue du système de retraite par capitalisation.

Frais d'agence : Somme d'argent correspondant à un pourcentage du montant de la transaction immobilière réalisée grâce à une agence. S'ils sont librement fixés, les frais d'agence doivent en revanche être affichés en vitrine. Il arrive qu'ils soient inclus au montant de la transaction immobilière. Dans ce cas, ils pourront faire l'objet d'un financement par l'organisme prêteur. Voir aussi FAI

Frais de mainlevée : Somme d'argent devant être versée en cas de revente d'un bien immobilier (assorti d'une hypothèque) intervenant avant la fin du remboursement du crédit ou moins d'un an après son terme (contre deux jusqu'en 2006). C'est l'établissement par le notaire de l'acte de mainlevée qui fait cesser l'inscription du bien auprès de la conservation des hypothèques. S'ils se montent le plus souvent à environ 0,75 % du montant du prêt initial, les frais de mainlevée ne s'appliquent en revanche pas dans le cas d'une demande de mainlevée qui serait formulée deux années après la fin du crédit.

Frais de notaire : Frais obligatoires payés au notaire lors d'une transaction immobilière. Ils se composent de la taxe versée au Trésor Public, des émoluments du notaire (sa rémunération) et des débours (sommes dues à des tiers comme le cadastre, la conservation des hypothèques, payées par le notaire pour le compte de ses clients). Le tarif des émoluments des notaires est fixé par décret.

Franchise : Délai accordé par la banque durant lequel le client ne paiera pas les sommes dues. Une franchise peut être appliquée lors d'un achat en VEFA pour ne pas commencer à rembourser avant même la construction du bien, ou après un sinistre.

G

Garantie « dommage-ouvrage » : Obligatoire depuis la loi Spinetta de 1978, l'assurance « dommage-ouvrage » garantit le maître d'ouvrage au cas où un sinistre surviendrait sur un chantier de construction ou de rénovation. Elle doit impérativement être souscrite par quiconque entreprend de gros travaux de construction, de reconstruction, d'extension, d'aménagement ou de rénovation. Sitôt qu'une malfaçon est détectée, l'expert de la garantie « dommage-ouvrage » intervient. Une fois le coût de la réparation évalué, l'indemnisation a lieu dans un délai de 60 jours maximum. L'assureur se retournera ensuite, le cas échéant, contre l'entreprise ayant réalisé les travaux ou contre le maître d'œuvre. Le montant de la garantie « dommage-ouvrage », proportionnel au coût des travaux, varie entre 1 et 3 %. Quant à sa durée, elle est de 10 ans (comme la garantie décennale).

Garantie biennale : Prévue à l'article 1792-3 du Code civil, cette garantie fait obligation au constructeur de procéder au remplacement de tout équipement défectueux au cours des deux années qui suivent la réception des travaux. Elle vise à protéger le maître d'ouvrage ou l'acquéreur d'une maison contre les éventuels dysfonctionnements qui compromettraient le bon fonctionnement des éléments d'équipement du logement tels que portes intérieures, appareils électriques, faux plafonds, etc. Il n'est pas nécessaire d'apporter la preuve d'une faute de l'entrepreneur pour faire jouer la garantie biennale.

Garantie contractuelle (déménagement) : Toutes les sociétés de déménagement doivent conclure une assurance contractuelle de base garantissant ainsi le minimum obligatoire en cas de dommages. Pour cela, le montant de la déclaration de valeur ne doit pas dépasser le plafond maximal de l'assurance du déménageur. Dans le cas contraire, il faut contracter une garantie dommage.

Garantie d'achèvement : Obligatoirement souscrite par tout constructeur auprès d'un établissement de crédit ou d'une compagnie d'assurances, la garantie d'achèvement (ou de remboursement) naît au jour de l'ouverture du chantier pour s'éteindre à la réception des travaux, à condition toutefois que ceux-ci n'aient fait l'objet d'aucunes réserves. Concrètement, la garantie d'achèvement sera invoquée au cas où le constructeur manquerait à ses obligations, ne respecterait pas ses engagements ou ferait faillite. Un repreneur serait alors désigné puis chargé de remplacer l'entrepreneur et de mener le chantier à son terme. Quant au surcoût, il serait alors supporté par l'organisme s'étant porté garant.

Garantie de parfait achèvement : Obligation pesant sur l'entrepreneur ayant eu la charge du chantier et par laquelle il s'engage à réparer tous les désordres signalés par le maître de l'ouvrage (*via* des réserves mentionnées au procès-verbal de réception) ou ceux révélés postérieurement à la réception (par voie de notification écrite). Cette garantie s'étend sur une durée d'un an à compter de la réception des travaux. L'article 1792-6 du Code civil prévoit toutefois que cette garantie ne couvre pas les travaux rendus nécessaires par l'usure normale d'un bien.

Garantie décennale : Obligation pesant sur le vendeur d'un bien et en vertu de laquelle il s'engage à ce que l'autre partie au contrat puisse jouir sans risque et conformément à ses attentes de la chose qu'elle a acquise. Comme son nom l'indique, la durée de la garantie décennale est de 10 ans.

Garantie des vices cachés : Possibilité dont dispose l'acquéreur d'un bien atteint d'un vice le rendant impropre à l'usage devant en être fait ou en diminuant la valeur de le restituer contre remboursement du prix (on parle dans ce cas d'action rédhibitoire) ou de le conserver en contrepartie d'une restitution d'une partie du prix (on parle alors d'action estimatoire).

Garantie financière : Contrat d'assurance concernant les fonds détenus par une agence ou un professionnel de l'immobilier. Le montant de la garantie doit être au moins égal aux fonds détenus. La garantie financière est obligatoire, et un registre des versements avec les factures correspondantes doit être rempli. Cette garantie permet d'indemniser le client en cas de défaut du professionnel.

Garde-meuble : Lieu sécurisé où l'on trouve des caisses ou des box et qui permet le stockage de meubles ou d'objets pour une durée de quelques jours voire plusieurs mois.

Gaz à effet de serre (GES) : Gaz présents dans l'atmosphère et qui provoquent à partir du rayonnement solaire, un effet de serre. Le rayonnement solaire passe à travers cette couche de GES et se trouve piégé. Cela provoque un changement des conditions atmosphériques à l'intérieur de la sphère ainsi créée. L'augmentation de leur concentration dans l'atmosphère terrestre est à l'origine due au réchauffement climatique. Les gaz à effet de serre sont essentiellement les polluants dus à l'activité humaine, et en particulier le gaz carbonique CO2.

Géomètre : Expert chargé de prendre les mesures de la surface d'un bâtiment ou d'un terrain. En vertu de La loi n° 46-942 du 7 mai 1946, les géomètres sont les seuls habilités à pouvoir établir des procès-verbaux et des plans de bornage. Ces documents permettent non seulement de connaître précisément les limites d'une propriété mais aussi d'attester des dimensions relevées. En effet, s'il est effectué par un géomètre-expert, un bornage aura valeur probante jusqu'à preuve du contraire. L'expertise du géomètre est indispensable en cas de constat, d'état des lieux ou de division de biens fonciers.

Gestion locative : Prise en charge par un intervenant extérieur (administrateur de biens) appelé mandataire de la gestion immobilière locative des biens de son mandant (propriétaire ou investisseur). Entre autres tâches, le mandataire doit rechercher les locataires, encaisser et réviser les loyers, faire le décompte des charges, rédiger les contrats, faire visiter les lieux, souscrire les assurances, et s'assurer quotidiennement du bon déroulement de la location.

Gros œuvre : Ensemble des travaux dont dépend la solidité d'un bâtiment, des fondations aux menuiseries extérieures en passant par l'assainissement, le soubassement, l'édification des murs, la pose de la charpente ou encore de la toiture. Sont donc constitutifs du gros œuvre les éléments qui assurent la stabilité et la solidité de l'ossature d'un bâtiment mais aussi ceux qui en assurent le clos, le couvert et l'étanchéité. Certains spécialistes semblent considérer que la charpente, bien qu'elle contribue à la solidité d'un bâtiment, ne fait pas partie du gros œuvre.

Groupage : Méthode de transport qui permet aux déménageurs de rassembler plusieurs déménagements dans un même camion. Cela permet d'obtenir des tarifs plus avantageux puisque les frais liés au transport seront répartis entre tous les clients.

H

Héritier : Individu appelé à la succession d'une personne décédée. Certains héritiers sont dits « réservataires ». Enfants, petits-enfants, arrière-petits-enfants ou, en l'absence de toute descendance, le conjoint survivant se voient en effet attribuer automatiquement une partie du patrimoine du défunt.

Holding : Société qui regroupe plusieurs associés ou actionnaires qui détiennent des actions ou des titres dans plusieurs entreprises détenues par cette holding.

Hors d'air : Se dit d'un bâtiment dont les travaux de couverture et d'étanchéité (mise hors d'eau) mais aussi d'installation des baies extérieures (pleines ou vitrées) sont achevés. La pose des équipements intérieurs ainsi que les travaux de finitions peuvent alors démarrer…

Hors d'eau : Désigne une construction dont les travaux de couverture et d'étanchéité sont terminés. Le bâtiment est alors protégé des intempéries.

HPE (haute performance énergétique) : Label que sont en droit de revendiquer les constructions dont la consommation énergétique est de 10 % inférieure à celle prévue par la norme RT 2005, soit 140 kWh/m^2/an. Les maisons revêtues du label BBC mais aussi celles étiquetées TPHE sont plus performantes, énergétiquement parlant.

Hypothèque : Garantie portant sur un bien immobilier dont le propriétaire continue de jouir normalement, c'est-à-dire sans en être dessaisi. Si à l'échéance prévue, le débiteur ne s'est pas acquitté du montant de ses dettes, alors son créancier pourra saisir le bien immobilier sur lequel pèse l'hypothèque (on dit qu'il est « grevé »). L'immeuble sera vendu et le créancier payé sur le prix de la vente prioritairement (hypothèque oblige !) aux autres créanciers.

Il existe deux catégories de holding :

• Les holdings actives : détiennent des parts sociales et d'actions dans le capital de leurs filiales et sont actives dans la gestion et la direction des sociétés.

• Les holdings passives : ont une activité limitée à la détention des titres dans une ou plusieurs filiales.

Une holding peut adopter la forme juridique qu'elle souhaite : SARL, SAS, société en commandite, etc.

I

IFI (impôts sur la fortune immobilière) : Impôt calculé sur l'ensemble du patrimoine des particuliers (biens immobiliers, objets de collection, assurance-vie, liquidités, actions, voitures automobiles, les bijoux, l'or, les métaux précieux…) diminué des dettes existantes (impôts, emprunt, prélèvements sociaux…). Pour être taxée, la valeur du patrimoine, situé en France ou à l'étranger, doit être supérieure à 1,3 M €. On apprécie le patrimoine au 1er janvier de l'année d'imposition c'est-à-dire que si l'un des biens est vendu après le 1er janvier, il n'y a aucune incidence sur la composition du patrimoine. Le montant de l'impôt à payer est diminué d'une décote pour les patrimoines compris entre 1,3 M €et 1,4 M €, mais aussi de réductions pour les dons faits à des organismes sans but lucratif ou encore pour investissement dans les PME.

ILAT (indice des loyers des activités tertiaires) : Indice instauré en 2011 et utilisé pour fixer le taux de variation des loyers lors de la prise du bail à renouveler et lors d'une période triennale.

ILC (indice des loyers commerciaux) : Instauré en 2008 pouvant être appliqué aux contrats de bail des locataires inscrits au registre du commerce et des sociétés ou au répertoire des métiers.

IGH (immeuble de grande hauteur) : Édifice soumis, du fait de sa grande taille, à un règlement sécuritaire particulier, notamment en ce qui concerne la prévention et la lutte contre les incendies. Sous l'appellation IGH, on retrouve les tours, gratte-ciel et autres bâtiments à plusieurs étages.

Impôts locaux : Perçus par les collectivités territoriales, ils peuvent être directs (taxe foncière sur les propriétés bâties ou non, taxe d'habitation, etc.), ou indirects (taxes d'urbanisme, droits de mutation, etc.). Il est à noter que depuis 2011, les départements ne perçoivent plus la taxe foncière sur les propriétés non bâties, ni la taxe d'habitation.

Indemnité d'immobilisation : Somme versée au vendeur d'un bien par le bénéficiaire d'une promesse unilatérale de vente. Il s'agit en quelque sorte de la contrepartie financière de l'engagement pris par le vendeur de réserver son bien pour le bénéficiaire pendant une période déterminée (on parle de délai d'option).

Indice : voir ILAT et ILC

Indivision : Situation dans laquelle plusieurs personnes sont propriétaires d'un bien. L'indivision est souvent issue d'une succession, mais également du cas où concubins ou partenaires de pacs décident d'acheter un bien ensemble. Un indivisaire ne peut, seul, prendre l'initiative de mettre le bien en vente sans l'accord de tous les indivisaires. La loi définit un cas particulier dans lequel un indivisaire titulaire d'au moins deux tiers des droits indivis peut être autorisé par le tribunal de grande instance (selon une procédure légalement définie) à vendre le bien indivis alors que les autres indivisaires s'y opposent.

Inertie : Capacité d'un matériau ou d'un équipement à accumuler la chaleur et à la restituer dans un second temps, de manière déphasée.

Infiltrométrie : Étude permettant d'évaluer la perméabilité à l'air des bâtiments, hors ventilation. Le test analyse les flux d'air qui pénètrent le bâtiment par des vices de son enveloppe, c'est-à-dire de sa façade extérieure. Il est effectué à l'aide d'outils servant à mesurer l'étanchéité à l'air : portes soufflantes, générateurs de fumée, thermo-anémomètres, etc.

Intérêts intercalaires : S'appliquent dans le cadre d'un prêt destiné à financer la construction de sa maison, lorsque les versements sont effectués en plusieurs étapes. Et non en un seul règlement chez le notaire, comme c'est le cas en cas d'achat immobilier. C'est la raison pour laquelle les banques ont prévu la possibilité pour un emprunteur qui ferait construire sa maison de ne commencer à rembourser le capital que lorsque les fonds auront été intégralement versés.

Investissement « Core + » : Investissement portant sur des actifs sécurisés avec néanmoins une légère prise de risque et donc une légère création de valeur.

Investissement « Core » : Investissement porté sur des actifs sécurisés sans risque.

Investissement « Value-Added » : Investissement sur des actifs à risque mais avec création de valeur possible et recherche de plus-value à terme.

J

Jouissance : Fait de pouvoir user d'un bien, c'est-à-dire de l'utiliser et d'en percevoir les fruits. Dans le cas d'un bien immobilier et conformément à l'article 584 du Code civil, les fruits désignent ce qu'une chose produite de façon périodique et sans altération de sa substance. Juridiquement parlant, des loyers perçus ou encore de l'argent provenant des intérêts de capitaux placés sont des fruits dits « civils ». Enfin, si la jouissance est un droit, elle n'est en aucune façon un devoir.

L

Label : Terme désignant une des obligations légales de normes et de sécurité auxquelles les constructions doivent répondre. Le label évalue la qualité de la performance énergétique. Les niveaux visés sont supérieurs à ceux des obligations légales pour différencier les logements et mettre en avant leurs qualités énergétique et environnementale. Ces notions sont de plus en plus importantes dans les choix des clients. À noter : il faut bien distinguer les labels des organismes certificateurs reconnus de ceux qui n'ont pas de valeur reconnue.

Label « BBC 2005 » (bâtiment basse consommation) : Titre dont peut se prévaloir toute habitation dont la consommation en énergie primaire ne dépasse pas 50 kW hep/m^2. Il s'agit toutefois d'une moyenne. Sont notamment pris en compte l'ensemble des postes (chauffage, eau chaude sanitaire, refroidissement, ventilation, éclairage) mais aussi la localisation de l'habitation (altitude et climat). Les seuils de tolérance sont donc susceptibles de varier en fonction des régions.

Label « CSTB » (centre scientifique et technique du bâtiment) : Applicable aux sanitaires, aux appareils de chauffage et d'assainissement, aux canalisations et à l'isolation thermique d'un bâtiment, ce label, délivré par le Centre Scientifique et Technique du Bâtiment (CSTB) suite à une expertise technique, témoigne que matériels et équipements utilisés répondent à des exigences précises et offrent des performances suffisantes.

Label « Éco-artisan » : Label délivré par la Chambre de métiers à un professionnel qui justifie du niveau de compétence suffisant. Outre l'amélioration des performances énergétiques d'une habitation et le confort de ses occupants, un artisan labellisé « Éco-artisan » s'est engagé à apporter des solutions adaptées à ses clients et à ce que les travaux, qui lui sont confiés, soient réalisés dans le respect des règles de l'art.

Label « Effinergie + » : Pour pouvoir se prévaloir de cette appellation, une maison individuelle doit afficher un BBio inférieur de 20 % par rapport au BBio max. Rappelons que le BBio (Besoin Bioclimatique) représente l'efficacité énergétique d'une habitation. De plus, sa consommation en énergie primaire (Cep) est plafonnée à 40 kWhEP/(m^2SHON.an). Pour info, ce plafond est de 20 % inférieur aux 50 kWhEP/(m^2SHON.an) que prévoit la RT2012. Enfin, le label « Effinergie + » implique que le confort des occupants de la maison soit amélioré. Notamment *via* l'installation de luminaires « anti-éblouissement » (confort visuel), de fenêtres à triple-vitrage (confort phonique), de sondes permettant de contrôler la qualité de l'air ainsi que de « brise-soleil » destinés à maintenir une température estivale agréable.

Label « Effinergie Bepos » : S'appuyant sur le RT 2012 et le label « Effinergie + », ce label n'est délivré qu'aux habitations qui non seulement réunissent les conditions d'attribution du label « Effinergie + » (consommation réduite en énergie primaire, Bio plafonné, confort optimal des habitants) mais aussi dont l'écart entre la quantité d'énergie primaire non renouvelable consommée et l'énergie renouvelable créée répond à des exigences précises. Cet écart est toutefois susceptible de connaître des modifications en fonction notamment de la configuration du bâtiment se prévalant du label « Effinergie Bepos » mais aussi de la zone climatique où il est situé.

Label « HPE » (haute performance énergétique) : Certification officielle délivrée par un organisme conventionné et attestant que le bâtiment auquel elle s'applique est performant, thermiquement parlant. Pour obtenir le label HPE, une habitation doit non seulement respecter mais aussi dépasser le niveau de performance énergétique globale requis par la réglementation thermique RT 2005.

Label « HPE 2005 » : Délivré exclusivement un organisme indépendant ayant été habilité à le faire, ce label atteste que l'habitation qui en est revêtue respecte un niveau de performance énergétique globale dépassant les exigences prévues par la réglementation thermique RT 2005. Dans le cas du label HPE 2005 (Haute Performance Énergétique), la consommation en énergie du bâtiment doit être inférieure d'au moins 10 % au seuil fixé par la RT 2005.

Label « HPE EnR 2005 » (haute performance énergétique énergies renouvelables) : Pour prétendre à l'attribution de ce label, un bâtiment doit non seulement satisfaire aux exigences ouvrant droit au label HPE 2005 - Haute Performance Énergétique (consommation en énergie inférieure d'au moins 10 % au seuil fixé par la RT 2005) mais aussi justifier de l'installation d'équipements d'énergie renouvelable. À titre d'exemple, chauffage et production d'eau chaude sanitaire doivent être couverts par une chaudière fonctionnant au bois et autre biomasse, ou le réseau de chaleur, auquel l'habitation est raccordée, doit être alimenté par un minimum de 60 % de bois ou autre biomasse.

Label « THPE 2005 » (très haute performance énergétique) : Ce label indique que le bâtiment affiche une consommation conventionnelle inférieure d'au moins 20 % par rapport à la consommation énergétique réglementaire prévue par la RT 2005. Par conséquent, les conditions d'obtention du label THPE 2005 (Très Haute Performance Énergétique) sont plus contraignantes que celles exigées dans le cadre du label HPE 2005 (Haute Performance Énergétique).

Label « THPE EnR » (très haute performance énergétique renouvelable) : Tout bâtiment s'étant vu décerner ce label peut s'enorgueillir d'une consommation conventionnelle inférieure d'au moins 30 % à la consommation en énergie maximale autorisée par la RT 2005. Il est à noter qu'en plus de consommer 1/3 de moins que le maximum toléré par la RT 2005, une habitation « THPE EnR » doit être équipée d'installations utilisant une source d'énergie renouvelable (panneaux solaires thermiques ou photovoltaïques, éoliennes) ou d'une pompe à chaleur.

Label BREEAM : Titre britannique qui signifie Building Research Establishment Environmental Assessment *Method*. Il détermine les bonnes pratiques pour les constructions de bâtiment. Un audit évalue la performance environnementale selon les critères d'énergie, de matériaux, de pollution, d'écologie ou d'innovation. Une note finale détermine le niveau d'excellence.

Lettre de voiture (déménagement) : Document obligatoire qui contient toutes les informations propres au déménagement telles que les coordonnées ainsi que le numéro SIREN de la société, le nom et l'adresse du client, la date et le lieu de chargement et de déchargement ou encore le volume. Le document est constitué de deux parties : la lettre de voiture de chargement et celle de livraison. La première doit être signée au moment du chargement donnant ainsi l'autorisation à la société de déménagement de transporter les biens. Quant à la deuxième, elle doit être signée à la fin du déchargement, ce qui permet de mettre un terme au contrat. C'est également sur la lettre de voiture de livraison que le client peut mentionner les éventuelles observations comme les dommages ou les objets manquants.

Limite de propriété : Frontière pouvant se matérialiser ou non par une clôture ou des bornes de repère implantées à la cote des sols existants. Elle a pour rôle de délimiter la surface d'une propriété que ce soit par rapport au domaine public ou aux parcelles voisines

Litige (déménagement) : Si des dégâts ou des pertes ont été notifiés sur le bulletin de livraison, il faut les signaler à la société de déménagement par lettre recommandée avec accusé de réception, et ceci dans un délai de 10 jours suivant la livraison. Celle-ci ouvrira alors un dossier « litige » pour réparer le préjudice. Elle peut soit, prendre en charge les frais liés à la réparation du bien endommagé ou soit déclarer le sinistre à son assurance afin que celle-ci indemnise le client.

Livraison de l'ouvrage : Une fois l'achèvement des travaux constaté et leur réception effectuée, la livraison proprement dite peut avoir lieu. L'ouvrage est alors remis à l'acquéreur et les clés de la maison remises au propriétaire. La livraison des travaux ne doit pas être confondue avec la réception des travaux. En effet, cette dernière précède le plus souvent la livraison.

LMNP (loueur de meublé non professionnel) : Terme désignant les particuliers qui tirent un faible revenu complémentaire de la location de logements meublés. Sous réserve que le chiffre d'affaires ne dépasse pas 329 00 € en 2015 (ou 82 200 € pour des gîtes ruraux ou chambres d'hôtes), le propriétaire bénéficie du régime de la micro-entreprise avec un abattement de 50 % (ou 71 % dans le second cas).

LMP (loueur de meublé professionnel) : Statut accordé à tous les bailleurs tirant d'importants revenus (supérieurs à 23 000 €/an et aux autres revenus du ménage) de la location de meublés. Il permet de bénéficier de divers avantages, dont la déductibilité du déficit foncier lié aux charges, l'amortissement des biens ou la récupération de la TVA.

Loca-Pass : Mécanisme d'aide à la location financé par la PEEC (participation des employeurs à l'effort de construction). Il consiste en un système de cautionnement ayant pour but de rassurer les bailleurs, en couvrant le contrat de location pendant 18 mois. L'organisme a également mis en place un prêt à taux zéro et sans assurance, qui permet de financer la caution requise au début du bail.

Locataire : Personne qui occupe un logement dont elle n'est pas propriétaire en contrepartie du paiement d'un loyer à son bailleur. Le statut du locataire est soumis à la loi du 6 juillet 1989.

Location meublée : Appartement pouvant être habité immédiatement et confortablement. En clair, il s'agit d'une location disposant des meubles nécessaires pour mener une vie « normale » : penderie, chauffage, lit, table chaises, etc.) Conformément aux exigences de la vie quotidienne.

Location saisonnière : Location d'un immeuble conclue pour une durée maximale et non renouvelable de 90 jours consécutifs.

Loc-Avantage : Dispositif à destination des propriétaires bailleurs qui consiste à mettre un bien en location à un loyer inférieur au prix du marché et ainsi bénéficier d'une importante réduction d'impôt. Il est possible de louer 15 %, 30 % ou 45 % en dessous du prix, et d'obtenir des réductions d'impôts de 20 à 65 %. Le bien doit être loué non meublé, et pour une durée de 6 ans minimum. C'est l'Anah qui encadre ce dispositif.

Logement : Local utilisé pour l'habitation. Il doit être séparé, c'est-à-dire fermé par des murs et cloisons, sans communication avec un autre local sauf avec les parties communes de l'immeuble (couloir, escalier, etc.). Par ailleurs, le logement doit être indépendant, c'est-à-dire ayant une entrée avec accès direct sur l'extérieur ou sur les parties communes de l'immeuble. Les logements sont répartis en quatre catégories : résidences principales, résidences secondaires, logements occasionnels, logements vacants.

Logement collectif : Bâtiment dans lequel sont superposés plus de deux logements distincts et dont certains ne disposent pas d'un accès privatif.

Logement conventionné : Logement conventionné est un logement qui a fait l'objet d'une convention entre l'État et l'organisme gestionnaire du logement. Cette convention ouvre droit à une aide au logement.

Logement décent : Habitation conforme aux règles énoncées dans le décret n° 2002-120 du 30 janvier 2002. En clair, un logement décent ne doit pas présenter de risques manifestes pouvant porter atteinte à l'intégrité physique ou à la santé de son locataire. Il doit également être équipé des éléments de confort indispensables à un usage d'habitation. Comme des W-C séparés de la cuisine, par exemple. Le propriétaire d'un logement qui ne serait pas décent pourrait voir le montant de ses loyers minorés et s'exposer à des sanctions pénales si le locataire était victime d'un accident domestique.

Logement individuel : Logement situé dans une maison individuelle. Une maison individuelle peut comporter deux logements individuels s'ils ont été construits par le même maître d'ouvrage d'après le code de la construction et de l'habitation.

Logement occasionnel : Logement ou pièce indépendante utilisée occasionnellement pour des raisons professionnelles (par exemple, un pied-à-terre professionnel d'une personne qui ne rentre qu'en fin de semaine auprès de sa famille).

Logement ordinaire : Caractérise un logement par opposition à un logement en résidence offrant des services spécifiques (résidences pour personnes âgées, pour étudiants, de tourisme, à vocation sociale, pour personnes handicapées…).

Logement social (ou logement du secteur social) : On en distingue deux types.

• Les logements appartenant à des organismes HLM (Habitation à loyer modéré) ou à d'autres bailleurs de logements sociaux (par exemple, logements détenus par les sociétés immobilières d'économie mixte-SEM) et qui sont soumis à la législation HLM pour la fixation de leur loyer ;
• Les logements en dehors du champ des organismes de HLM mais pratiquant un loyer HLM

Logement vacant : Logement inoccupé pendant une longue période.

Loi ALUR : La loi Duflot ALUR a pour objectif de réguler les dysfonctionnements du marché, à protéger les propriétaires et les locataires, et à permettre l'accroissement de l'offre de logements dans des conditions respectueuses des équilibres des territoires.

Loi Besson : Loi du 31 mai 1990 qui visait à garantir un droit au logement pour les personnes défavorisées. Elle était accompagnée d'un dispositif de défiscalisation immobilière permettant de déduire du revenu net imposable jusqu'à 10,5 % du prix de revient d'un bien locatif neuf pendant 15 ans, contre un engagement de mise en location par le propriétaire. La défiscalisation Besson a été remplacée par le Robien au 1er janvier 2004.

Loggia : Pièce de la maison ou galerie, située la plupart du temps à l'étage, en retrait par rapport à la façade principale, ouverte ou donnant vue sur l'extérieur grâce à un système de baies vitrées.

Loi Borloo ancien : Permet à un propriétaire de bénéficier d'une déduction fiscale sur les loyers perçus allant de 30 à 70 %, s'il accepte de passer une convention avec l'agence nationale de l'habitat (ANAH) et d'accueillir dans son logement un locataire dont les ressources sont inférieures à un certain plafond, contre le paiement d'un loyer plafonné lui aussi.

Loi Carrez : Destinée à améliorer la protection des acquéreurs de lots de copropriété, la loi n° 96-1107 du 18 décembre 1996, dite « loi Carrez » fait obligation à tout vendeur d'un lot de copropriété (ou d'une fraction de lot) d'en indiquer la superficie privative. De toutes les mesures qui composent la loi Carrez, la plus connue reste sans aucun doute celle relative aux planchers des parties de locaux d'une hauteur inférieure à 1 m 80 et interdisant de les prendre en compte dans le calcul de la superficie.

Loi climat et résilience : Destinée à lutter contre le réchauffement climatique en réduisant l'impact de l'habitat et des constructions sur l'environnement, la loi climat et résilience, dite loi 3875, prévoit différentes mesures qui présagent de nombreux changements sur le parc immobilier dans les années à venir. Le diagnostic de performance énergétique (DPE) devient un véritable support et document de référence. Les logements énergivores devront subir des travaux d'isolation pour conserver le caractère de logement décent, ou ne seront alors plus louables. L'écologie et les économies d'énergie sont mises en avant.

Loi d'eau : Régulation permettant d'adapter la température de l'eau du circuit de chauffage en fonction de la température extérieure et de votre système de distribution de chaleur dans le logement. Une sonde extérieure est indispensable pour utiliser une loi d'eau. Il faut également adapter la loi d'eau en fonction du dimensionnement de vos radiateurs ou de votre plancher chauffant.

Loi de 1948 : Texte de loi qui met un terme, pour tous les logements neufs, au blocage ou à l'encadrement des loyers en vigueur depuis 1914. Les locataires installés antérieurement, en revanche, continuent à bénéficier d'un loyer bloqué et modéré et jouissent, par ailleurs, d'un droit presque absolu au maintien dans les lieux. Statut appelé à s'éteindre avec le décès des derniers locataires concernés.

Loi ELAN : Élaborée en partant du terrain, la loi ELAN a pour ambition de facilité la construction de nouveaux logements et de protéger les plus fragiles. Elle a été définitivement adoptée au Sénat la 16 octobre 2018.

Loi Girardin : Permet de bénéficier d'une réduction d'impôt pour tout investissement dans un logement neuf situé en Outre-mer et dont le permis de construire a été obtenu avant le 31 décembre 2012. L'assiette de la réduction d'impôt est calculée non pas sur le montant de l'acquisition, mais sur la surface du logement en mètres carrés.

Loi Hamon : Loi du 17 mars 2014, relative à la consommation, qui introduit divers changements dans la vie quotidienne des consommateurs (actions de groupe, résiliation d'assurance habitation à tout moment au bout d'un an, protection contre le démarchage…). En matière de crédit immobilier, elle autorise notamment le libre changement d'assurance emprunteur jusqu'à un an après la signature du prêt, pourvu que les garanties restent équivalentes.

Loi Hoguet : Dispositif législatif visant à encadrer l'activité des professionnels de l'immobilier (agents immobiliers, administrateurs de biens, etc.). Les conditions d'accès et d'exercice de ces professions ainsi que les activités d'achat et de vente de biens immobiliers sont ainsi soumises à la loi n° 70-9 du 2 janvier 1970, dite «loi Hoguet», et à son décret d'application n° 72-678 du 20 juillet 1972.

Loi Malraux : Loi adoptée en 1962 et visant à la préservation du patrimoine immobilier des centres-villes. Elle permet aux propriétaires d'immeubles anciens, suite à un chantier de restauration, de déduire de leur revenu imposable le déficit foncier généré par le coût des travaux. La défiscalisation peut atteindre 22 à 30 % du montant investi.

Loi Pinel : Dispositif fiscal d'investissement locatif venant remplacer la loi Duflot et permettant à un propriétaire de bénéficier d'une réduction d'impôt proportionnelle à la durée pendant laquelle il se sera engagé à louer son bien : 12 %, 18 % et jusqu'à 21 % de la valeur du bien selon que l'investisseur a pris l'engagement de le louer (à un prix de 20 % inférieur au marché et à des locataires disposant de ressources modestes) pendant 6, 9 ou 12 ans. Il est toutefois à noter que s'il est possible de louer son bien (acheté neuf ou en VEFA) à un membre de sa famille, la durée de la location ne sera pas comptabilisée dans l'engagement initial si le locataire est l'un des enfants du propriétaire-bailleur. Suite à une modification de la loi, les zones d'application sont recentrées sur les zones A, Abis et B1. Les zones B2 et C, autrefois éligibles, sortent du dispositif dès 2018.

Loi Scrivener : Depuis 1979, la loi Scrivener apporte un cadre réglementaire strict lors de l'obtention de tout type de prêt immobilier afin d'assurer l'information et la protection du consommateur du prêt immobilier. Cette loi s'articule principalement autour de deux points :

• Dès réception de l'offre, l'emprunteur dispose d'un délai de réflexion de 10 jours afin de choisir s'il s'engage ou bien se rétracte.

• La loi impose de faire figurer une liste d'éléments obligatoire sur l'offre de prêt (type d'emprunt, TEG, nature du bien, tableau d'amortissement, etc.)

Loi SRU (solidarité et renouvellement urbain) : Voté en 2000 et renforcé par la loi ALUR de 2014, ce texte législatif fait obligation - dans son article 55 - à certaines communes de respecter un seuil minimum de 20 % (voire de 25 % dans certaines zones certaines) de logements sociaux.

Lotissement : Division en propriété ou en jouissance d'une unité foncière ou de plusieurs unités foncières contiguës ayant pour objet de créer un ou plusieurs lots destinés à être bâtis ». En clair, un lotissement se caractérise par une division du sol (en propriété ou en jouissance) effectuée en vue de bâtir.

Loueur : voir Bailleur, LMNP et LMP

Loyer : Est la somme versée par un locataire en contrepartie de la jouissance d'un logement. Le loyer ne comprend pas les charges locatives (entretien des parties communes, eau, énergie, etc.).

Loyer imputé (ou loyer fictif) : Service de location que se rendent à eux-mêmes les propriétaires de leur logement : à savoir, les loyers que les propriétaires auraient à payer s'ils étaient locataires du logement qu'ils habitent.

Loyer « prime » : Loyer facial le plus élevé pour un bureau situé dans le meilleur emplacement du marché, dans un immeuble d'excellente qualité et doté des meilleures prestations.

Loyer économique : Loyer/m^2/an, hors taxes et hors charges et corrigé des mesures d'accompagnement consenties par le propriétaire (franchise de loyer, réalisation de travaux…).

Loyer facial : Loyer/m^2/an, hors taxes et hors charges qui est inscrit dans le bail. Ce loyer ne tient pas compte des locaux annexes comme les parkings ou les restaurants interentreprises (RIE).

M

Mainlevée : Décision de mettre un terme à une mesure de protection que les circonstances ont rendu inutile. C'est par exemple le cas d'une hypothèque qui n'aurait plus de raison d'être. La mainlevée de l'inscription hypothécaire entraînera la radiation de l'hypothèque.

Maison à énergie positive : Bâtiment produisant davantage d'énergie qu'il n'en consomme. Il dispose de panneaux photovoltaïques, d'éoliennes ou d'autres générateurs qui produisent de l'énergie localement. L'énergie générée est utilisée en autoconsommation ou peut être revendue à un fournisseur d'énergie. Le label BEPOS deviendra obligatoire avec la réglementation thermique RT2020.

Maison bioclimatique : Maison conçue pour s'adapter au climat et à l'environnement dans lequel on souhaite l'insérer. Elle profite des apports solaires et de la ventilation naturelle, conserve la fraîcheur en été et limite ainsi ses besoins énergétiques. Elle est construite avec des matériaux locaux.

Maison en kit : Construction dont les éléments préfabriqués en usine sont assemblés sur le terrain. Les kits contiennent tous les matériaux nécessaires pour la construction et les finitions des pièces de vie, des chambres, des sanitaires, de l'étage et des cloisons. Il existe également des kits pour réaliser l'électricité, le chauffage et la plomberie. En auto-construction, le propriétaire monte sa maison d'après les plans fournis par le constructeur. Autre solution, le constructeur livre la maison clés en main avec tous les aménagements intérieurs ainsi que les finitions.

Maison modulaire : Maison évolutive dont le concept consiste à fabriquer des modules en usine et à les assembler rapidement sur le site en 3 à 5 mois. Elle peut être livrée « prête à habiter ». Les maisons modulaires sont personnalisables, écologiques, et répondent aux normes de la réglementation thermique RT2012.

Maison passive : Construction très basse consommation, basée sur l'utilisation de l'apport de chaleur « passive » du soleil, une très bonne isolation, l'absence de pont thermique, une grande étanchéité à l'air et le contrôle de la ventilation.

Maison préfabriquée : voir Maison en kit

Maître d'œuvre : Missionné par le maître d'ouvrage, personne chargée de diriger et de contrôler le déroulement du chantier. La plupart des maîtres d'œuvre sont des architectes, des ingénieurs-conseils ou encore des bureaux d'études techniques. Leur présence lors de la livraison de l'ouvrage est particulièrement recommandée afin de vérifier que le logement ne présente pas de malfaçons, de défauts de conformité ni de vices apparents.

Maître d'ouvrage : Personne pour le compte de laquelle sont réalisés les travaux de construction. Le plus souvent, il s'agit du client. C'est à lui qu'incombe la responsabilité d'établir un programme de construction, de définir le prix, de fixer les délais, etc. Le maître d'œuvre veillera non seulement au bon déroulement du chantier (*via* des visites qu'il effectuera régulièrement) mais procédera aussi à la réception des travaux, une fois que la construction aura été achevée.

Mandat « exclusif » : Contrat prévoyant que la vente du bien est confiée à un seul agent immobilier.

Mandat « semi-exclusif » : Contrat stipulant que le propriétaire se réserve le droit de trouver lui-même un acheteur avant que l'agent immobilier qu'il a mandaté ne le fasse.

Mandat « simple » : Contrat par lequel le propriétaire donne mandat à plusieurs agences tout en gardant la possibilité de vendre lui-même.

Mandat d'agence : Contrat par lequel l'aspect commercial de la vente d'un bien immobilier est confié à un agent immobilier. L'aspect purement juridique dépend, quant à lui, du notaire.

Mandataire immobilier : Individu ayant le statut de micro-entrepreneur et qui ne va pas réaliser de transactions pour son propre compte. Il ne peut pas non plus signer de compromis de vente. De plus, il doit être inscrit au Registre Spécial des Agents commerciaux. S'il n'a pas besoin d'un diplôme spécifique, il peut, en outre, profiter de formations. Travaillant souvent depuis chez lui, ses frais fixes sont réduits. Cela explique pourquoi il peut demander des commissions inférieures à celles des agents immobiliers.

Marchand de biens : Contrairement au promoteur immobilier, le marchand de biens rachète des biens immobiliers et les rénove ou les réhabilite dans le but de réaliser une plus-value à la revente.

Marchand de sommeil : Propriétaire bailleur qui loue des biens indécents et insalubres à titre onéreux. Plusieurs lois visent à condamner ces pratiques.

Médiateur : Personne physique ou morale en charge de régler amiablement les litiges qui opposent un professionnel (agence immobilière, promoteur, gestionnaire locatif…) et son client en cas de litige. Il est l'intermédiaire quand le professionnel et le client ne trouvent pas d'accord, et est saisi avant le tribunal. Un médiateur est nommé pour 3 ans. La démarche est gratuite pour le client. Les litiges peuvent concerner les honoraires ou le mandat par exemple.

Mention RGE : Label public délivré, par l'intermédiaire de plusieurs organismes accréditeurs, à certains artisans et entreprises du bâtiment spécialisés dans la construction éco-responsable. Il est désormais impératif de faire appel à une entreprise RGE pour bénéficier d'un éco-prêt à taux zéro ou du crédit d'impôt pour la transition énergétique. Plus de 20 000 professionnels sont déjà qualifiés RGE en France.

Mérule : Champignon envahissant les structures en bois.

Meubles meublants : Meubles destinés à l'usage et à l'ornement des logements (lits, tables, chaises, pendules, tapisseries...). Également, entrent dans cette définition les tableaux ou objets d'art sauf s'ils sont issus de collections placées dans des galeries.

Mezzanine : Étage intermédiaire entre deux grands ou un espace généralement bordé par une clôture (petit mur, balustrade, etc.) et en surplomb sur la pièce principale.

Micro Foncier : Régime concernant les foyers aux revenus fonciers n'excédant pas 15 000 €. Un abattement forfaitaire de 30 % sera appliqué automatiquement, quelles que soient les dépenses réalisées. Les factures des achats ou travaux doivent être conservées pour savoir s'il y a intérêt ou non à opter pour le régime réel si les dépenses sont supérieures aux 30 % forfaitaires.

Millièmes : Quote-part des lots en copropriété est exprimée en millièmes. Ainsi, chaque appartement, cave, parking, représente un nombre de millièmes rapporté à la grandeur totale de la copropriété. Cette unité de valeur permet de calculer précisément la répartition des charges et travaux de chacun.

Mise à la terre : La terre est un élément conducteur capable d'évacuer un courant électrique. La mise à la terre consiste à utiliser ce retour naturel pour se protéger des risques d'électrocution, en reliant les équipements métalliques à la masse terrestre.

Mitoyenneté : Situation dans laquelle deux voisins partagent le droit de copropriété sur une construction séparant leurs biens, chacun étant propriétaire de l'édification jusqu'à son axe médian. Sont supposés mitoyens entre les propriétés qu'ils séparent, les clôtures, murs ou cloisons, scindant des parcelles exclues du gros œuvre.

Mur porteur : Contribue à assurer la stabilité et la solidité d'une habitation. En effet, les murs porteurs doivent être capables de supporter la charge non seulement des étages situés au-dessus d'eux mais aussi de la toiture. C'est la raison pour laquelle, dans le cas d'une copropriété, l'intervention de professionnels (architecte, maçons, ingénieur béton, etc.) sera obligatoire et l'autorisation de la copropriété devra être obtenue avant toute intervention sur un mur porteur.

N

Nantissement : Garantie prise par la banque qui consiste à octroyer un prêt en mettant en « gage » une somme équivalente en bien mobilier. Par exemple, en cas d'impayés, la banque pourra régler la dette en prenant sur des comptes bloqués à cet effet.

Négociateur immobilier : Personne intervenant pour le compte d'un agent immobilier, titulaire de la carte professionnelle « Transactions Immobilières » dans le cadre du processus de négociation et de vente d'un bien immobilier. Il est l'intermédiaire entre vendeur et acquéreur. Il peut travailler pour une agence immobilière et vendre des terrains, des maisons, des appartements, des locaux industriels, des fonds de commerce, etc.

NF Maison Individuelle : Certification créée en 1999, elle est délivrée par le Cequami (un organisme mandaté par AFNOR) sur la base de différents critères liés à l'environnement (isolation, chauffage, performances énergétiques, etc.). Délivré à l'issue d'audits indépendants, le label NF Maison Individuelle constitue un gage de qualité. La valeur officielle que confère le Code de la consommation à cette certification fait que les habitations estampillées « NF Maison Individuelle » se vendent et se louent bien souvent plus rapidement que les autres.

Notaire : Officier public chargé d'établir l'authenticité, au nom de l'État, des actes pour le compte de ses clients.

NRU (notes de renseignement d'urbanisme) : Acte juridique purement informatif dont le but est de préciser la nature des charges (droits de préemption, servitudes d'utilité publique, dispositions d'urbanisme, etc.) pesant sur un bien immobilier. Ce document est obligatoire si l'on souhaite vendre une propriété sans modification de son état. Une note de renseignement ne saurait en aucune façon se substituer à un certificat d'urbanisme (CU).

Nu-propriétaire : Qualité issue de la répartition du droit de propriété entre usufruitier et nu-propriétaire. Le nu-propriétaire conserve le droit de donner ou vendre le bien dans le respect des droits de l'usufruitier, alors que ce dernier bénéficie du droit d'user et de louer le bien. Cette répartition est ce que l'on appelle un démembrement de propriété qui naît généralement suite à une donation ou succession.

Nue-propriété : Droit que l'on a de disposer d'un bien (en le vendant ou en le léguant, par exemple) sans toutefois avoir la possibilité d'en jouir ni d'en user. Ces deux derniers attributs du droit de propriété étant alors réservés à l'usufruitier.

Nuisances sonores : Désagréments occasionnés par des bruits d'origines diverses (cris, musique, travaux de bricolage, etc.) dépassant les limites des inconvénients devant être normalement supportés entre voisins. La jurisprudence considère notamment que l'on est en présence d'un trouble anormal du voisinage si les bruits incriminés excédent ce qu'il est normalement convenu de supporter en société. Sont ainsi pris en compte le caractère répétitif d'un bruit, son intensité, le moment où il est émis, etc. Pour info, une nuisance sonore peut se produire aussi bien en journée que la nuit.

O

Œil-de-bœuf : Fenêtre ronde ou ovale pratiquée dans la partie supérieure d'un édifice.

Offre à un an : Ensemble des locaux disponibles à moins d'un an, qu'ils soient neufs et non précommercialisés ou de seconde main avec baux résiliés.

OPCI (organisme de placement collectif immobilier) : Fonds immobilier qui revêt deux formes juridiques : les Fonds de Placement Immobilier (FPI) et les Sociétés de Placement à Prépondérance Immobilière à Capital Variable (SPPICV)

Opposition : Manifestation de volonté visant à stopper l'exécution d'un acte juridique. Une transaction immobilière peut ainsi faire l'objet d'une opposition. C'est le cas, par exemple, d'un bien immobilier en indivision (c'est-à-dire appartenant à plusieurs personnes) qui serait vendu sans que l'on ait préalablement recueilli l'accord des différents propriétaires.

Ordre de mission (déménagement) : Document s'apparentant à la lettre de voiture à part que celui-ci est destiné aux déménageurs. Il comporte tous les renseignements dont ils auront besoin pour effectuer le déménagement. En cas de désaccord sur le travail des déménageurs, il faut leur demander de s'en remettre à l'ordre de mission.

Ouverture de chantier : Caractérisée par l'installation de palissades autour du site de construction, par l'arrivée des matériaux et équipements nécessaires à l'édification du bâtiment et par les premiers travaux de terrassement, l'ouverture fait suite à la délivrance de l'autorisation d'urbanisme. La déclaration d'ouverture de chantier (DOC) vise à avertir l'administration du démarrage des travaux. Pour info, vous disposez d'un délai de 2 ans maximum pour commencer des travaux. Ce délai commence à courir à compter de l'obtention de l'autorisation d'urbanisme. Une fois entamés, les travaux ne doivent pas s'interrompre pendant une durée supérieure à un an. Un chantier peut toutefois être échelonné pour peu qu'aucune des interruptions ne dépasse pas un an et que les travaux réalisés d'une année sur l'autre soient suffisamment importants et significatifs.

P

PAC (pompe à chaleur) : Désigne un dispositif thermodynamique qui consiste à extraire de la chaleur à une source froide pour la céder à une source chaude par évaporation, compression et condensation d'un fluide approprié.

PAC air extrait-air neuf (ou VMC double flux thermodynamique) : Système couplant une ventilation mécanique contrôlée (VMC) double flux à une pompe à chaleur. Cette dernière récupère la chaleur contenue dans l'air extrait par la VMC dans la cuisine, la salle de bains et/ou les sanitaires pour chauffer l'air neuf distribué dans les pièces à vivre de votre habitat.

PAC basse température (BT) : Pompe à chaleur pouvant produire de l'eau à une température inférieure à 55 °C pour alimenter les émetteurs. Elle est raccordable à des émetteurs fonctionnant en chaleur douce (radiateurs à eau chaude surdimensionnés ou plancher chauffant).

PAC géothermique : Équipement utilisant la chaleur contenue dans les profondeurs du sol ou des nappes phréatiques pour la restituer à vos émetteurs de chauffage.

PAC Haute Température (HT) : Pompe à chaleur pouvant produire de l'eau à une température supérieure ou égale à 55 °C et inférieure à 65 °C pour alimenter les émetteurs.

PAC Très Haute Température (THT) : Pompe à chaleur pouvant produire de l'eau à une température supérieure ou égale à 65 °C pour alimenter les émetteurs. Aujourd'hui, il n'existe quasiment pas sur le marché de modèles THT à un coût abordable.

PAR (prêt avance-rénovation) : Prêt hypothécaire permettant de financer des travaux d'efficacité énergétique, lancé en 2022, avec la loi Climat et Résilience qui a créé les conditions de déploiement de ce nouveau dispositif, complémentaires des aides existantes. Ce prêt à taux fixe de 2 % est compris entre 3 500 € et 70 % de la valeur du bien est ouvert aux ménages dits « modestes » et aux plus de 60 ans, propriétaires de leur logement. Le principe : rembourser la somme empruntée lors de la vente du bien immobilier ou de sa succession, les intérêts pouvant quant à eux être remboursés in fine ou en amont, progressivement.

Parement : Partie visible d'un matériau (Le parement d'une pierre de taille, par ex.) ou d'un ouvrage quelconque de menuiserie ou de maçonnerie, etc. Le parement désigne aussi la couche superficielle extérieure d'un bâtiment (parement de façade : parement de pierre, de brique, etc.). Lorsqu'il s'agit de toiture on parle dans ce dernier cas plus volontiers de couverture (couverture en tuile, par ex.).

Particulier à Particulier (PAP.fr) : Créé en 1975, De Particulier à Particulier était à l'origine un hebdomadaire, paraissant le jeudi, proposant des offres de vente et de location sans intermédiaire. Aujourd'hui, Particulier A Particulier (PAP.fr) est la première plateforme immobilière sans commission en France avec des centaines de milliers d'annonces immobilières publiées chaque année et une équipe de près de 200 collaborateurs salariés dont 60 % disposent d'une spécialisation en immobilier (conseillers immobiliers, coachs, experts, ...) permettant d'accompagner les particuliers dans la bonne marche de leurs transactions immobilières.

Parties communes : Endroits de l'immeuble en copropriété dédiés à l'usage de l'ensemble des copropriétaires d'un bien immobilier fractionné en plusieurs lots : accès aux parties privatives, façade, vide-ordures, antennes collectives, etc. Le règlement de copropriété leur est applicable.

Parties privatives : Dans un immeuble fractionné en plusieurs copropriétés, les parties privatives désignent toutes celles qui appartiennent en propre à leurs propriétaires (comme les appartements, par exemple) et ne sont pas partagées avec les autres copropriétaires.

PAS (prêt d'accession sociale) : Créé afin de favoriser l'accession à la propriété des ménages aux revenus modestes, le PAS ne peut être octroyé que par une banque ou un établissement financier ayant passé une convention avec l'État pour le financement de la construction ou de l'achat de sa résidence principale, que des travaux d'amélioration soient réalisés ou non.

Pas de porte : Redevance complémentaire qu'un locataire verse à son futur bailleur avant d'entrer en possession des lieux loués (exclusivement des locaux à usage commercial). Cette somme d'argent peut servir à couvrir des éléments d'origines diverses, comme des avantages commerciaux dissociables du loyer.

Passoire thermique : Terme qualifiant un bâtiment qui consomme beaucoup d'énergie pour chauffer ou climatiser ses pièces à cause d'une mauvaise isolation et des équipements de chauffage peu performants.

Les factures d'énergies sont donc très élevées, ce qui est souvent synonyme de précarité énergétique pour le ménage occupant le logement.

PEL (plan épargne logement) : Compte d'épargne spécifique permettant à son détenteur de bénéficier, une fois résilié, d'un prêt à un taux bonifié. L'ouverture d'un (et d'un seul !) PEL par personne physique est autorisée.

Perméabilité à l'air : Désigne le niveau d'étanchéité d'une habitation. L'entrée d'air extérieur à l'intérieur d'une construction doit être maîtrisée. À compter du 1er janvier 2013, la perméabilité d'une maison ne doit pas excéder 0,6 m^3/h.

Permis d'aménager : Acte administratif dont la délivrance est exigée en cas de travaux, d'aménagements et d'installations susceptibles d'affecter l'utilisation du sol d'un terrain. Le permis d'aménager doit faire l'objet d'une demande en mairie *via* l'envoi (par lettre recommandée) ou le dépôt d'un formulaire cerfa n° 13409*03 dûment rempli et accompagné des documents nécessaires.

Permis de construire : Document officiel qu'il est obligatoire de se voir accorder en cas de construction, d'extension ou de rénovation d'un bâtiment à usage d'habitation. La demande de permis de construire doit être déposée à la mairie de la commune du lieu de la construction. Elle est composée du projet architectural et des pièces administratives nécessaires. Le délai d'instruction est le plus souvent de 2 mois.

Permis de louer : Document de plus en plus souvent imposé par les mairies au bailleur afin d'autoriser ou non la mise en location. Cette mesure a pour but de mettre fin à la location de logements insalubres ainsi qu'à la location d'appartements situés dans des maisons divisées. Ce sont les marchands de sommeil qui sont visés. Toutes les communes ne l'ont pas mis en place, mais ce dispositif se fait de plus en plus sur toute la France.

Permis purgé de tout recours : Lorsqu'un permis de construire est délivré, la construction ne peut pas démarrer immédiatement, car des recours peuvent être déposés entre-temps. On dit qu'un permis est purgé lorsque la période pour déposer un recours est définitivement passée. La durée est de 2 mois lorsqu'il s'agit du voisinage, et de 3 mois pour les autorités compétentes. Un permis de construire purgé de tout recours est la seule assurance qu'un projet de construction pourra voir le jour. La construction pourra alors vraiment commencer une fois les délais passés.

Pierre de parement : Se présente sous de nombreux aspects : imitation pierre, terre cuite, ardoise, brique, etc. et offre une large palette de formats, de reliefs et de couleurs. Elle s'applique sur de nombreux supports, à l'extérieur comme à l'intérieur.

Plan de masse : Obligatoire pour toute demande de permis de construire relatif à l'édification d'une nouvelle habitation, il offre une vue d'ensemble d'un projet de construction. Destiné à détailler l'emplacement du projet de construction par rapport aux propriétés voisines, le plan de masse permet notamment de visualiser non seulement les limites et l'orientation du terrain sur lequel la construction sera édifiée mais aussi l'implantation du bâtiment ainsi que le tracé des voies de desserte et des raccordements.

Plan d'occupation des sols : voir POS

Plan de situation : Devant obligatoirement accompagner toute demande de permis de construire, de déclaration de travaux ou de certificat d'urbanisme, ce document indique la situation géographique du terrain y étant représenté au sein du secteur de la commune à laquelle il est rattaché. Le plan de situation doit préciser non seulement le nom de la commune et l'orientation géographique du terrain mais aussi un repère permettant de localiser le projet avec précision.

Plan épargne logement : voir PEL

Plan local d'urbanisme : voir PLU

Pleine propriété : Droit portant sur une chose et permettant à son titulaire de l'utiliser (« usus »), d'en percevoir les fruits (« fructus ») et d'en disposer (« abusus ») à son gré (par exemple, en la vendant ou en la louant). Dans le cas d'un usufruit, l'abusus manque à l'appel : il est par exemple possible d'utiliser le bien et de percevoir des revenus qui en seraient tirés (par exemple, un loyer) mais pas de ne le vendre ni de le louer.

PLU (plan local d'urbanisme) : Document consultable en mairie qui définit les grandes orientations d'aménagement en termes d'aménagement du territoire et d'utilisation des sols d'une commune ou d'un groupement de commune. Suite à la loi de Solidarité et de Renouvellement Urbain (SRU), le PLU a remplacé le Plan d'Occupation des Sols (POS). Concrètement, consulter le PLU permet de vérifier la destination de telle ou telle parcelle du territoire de la commune : telle zone sera à urbaniser, telle autre sera agricole…

Plus-value de cession : Terme s'employant lorsqu'un bien est vendu pour un prix supérieur à son prix d'acquisition. On parle aussi de « plus-value » si le particulier revend un bien reçu par succession ou donation, dans la mesure où le prix de vente est supérieur au prix mentionné dans la déclaration de succession ou dans l'acte de donation. La plus-value est en principe imposable sauf exonérations légales.

PLS (prêt locatif social) : Prêt à taux réduit octroyé aux personnes physiques ou morales (entreprises d'économie mixte, organismes HLM, etc.) ayant signé un contrat avec l'État. Il a pour vocation de financer l'achat, la construction ou la rénovation de logements destinés à la location sociale, avec obligation pour le bailleur de se conformer aux critères de plafonnement des loyers et aux ressources des locataires.

Pompe à chaleur : Système de production de chaleur utilisant l'énergie détenue dans le sol ou dans l'air, pour la restituer à votre habitat. Voir aussi PAC

Pont thermique : Flux d'air localisés aux endroits où la barrière isolante est rompue, c'est-à-dire le plus souvent entre les murs, les planchers, les combles et l'ensemble des ouvertures d'une habitation qui sont à l'origine d'importantes déperditions thermiques. La RT 2012 impose que le ratio de transmission thermique linéique moyen ne dépasse pas 0,28 W/(m^2K). En effet, outre les pertes en énergie pouvant être engendrées par la présence de ponts thermiques, des problèmes d'humidité ainsi qu'une sensation de parois froides sont à craindre.

POS (plan occupation des sols) : Document local d'urbanisme établi au niveau de la commune et créé en 1967, puis progressivement mis en extinction à partir de 2000 au profit du plan local d'urbanisme (PLU). Il fixait les règles générales d'utilisation et les servitudes de chaque terrain public ou privé. À défaut de PLU, un ancien POS peut continuer à s'appliquer dans certaines communes.

Préavis : Délai devant être respecté entre la notification d'une décision et l'application effective de celle-ci. Si un locataire peut résilier son bail à tout moment, il doit en revanche respecter le délai de préavis. Fixé par la loi à 3 mois pour une location vide, il est d'un mois seulement en cas d'urgence ou en présence d'une location meublée.

Prêt avance-rénovation : voir PAR

Prêt à l'amélioration de l'habitat : Financement permettant de couvrir jusqu'à 80 % des dépenses occasionnées par la réalisation de travaux d'amélioration et d'isolation thermique. Il est possible, sous conditions de ressources et si l'on perçoit des allocations familiales, de se voir octroyer un Prêt à l'amélioration de l'habitat.

Prêt conventionné : Financement accordé par une banque ou tout autre établissement de crédit qui aura passé une convention avec l'État, le prêt conventionné permet de financer tout ou partie de la construction ou de l'achat d'une habitation mais aussi certains travaux d'amélioration. Son principal avantage, outre le fait que le prêt conventionné n'est soumis à aucune condition de ressources, réside dans la possibilité qu'il offre de donner droit à l'aide personnalisée au logement (APL).

Prêt d'accession sociale : voir PAS

Prêt d'épargne logement : Financement accordé en vue de l'acquisition ou de la rénovation de son habitation. Il est possible de bénéficier de ce prêt à taux bonifié si l'on a ouvert un Plan épargne logement (PEL) ou si son Compte épargne logement (CEL) est arrivé à échéance.

Prêt immobilier : Financement par emprunt dont le but est de couvrir tout ou partie d'un achat immobilier (résidence principale, secondaire ou locative mais aussi terrain) ou de travaux de construction / amélioration / réfection / entretien / agrandissement d'un logement. Si ce sont des travaux qui seront financés, le montant du prêt devra être supérieur à 75 000 €. Pour info, les prêts immobiliers sont réglementés par le Code de la consommation dans ses articles L. 312-4 et suivants.

Prêt locatif social : voir PLS

Prêt remboursable in fine : Financement permettant à ceux qui l'ont souscrit de bénéficier de déductions fiscales s'ils investissent dans le locatif ou s'ils acquièrent une résidence secondaire. D'une part, seuls les intérêts seront remboursés pendant toute la durée du prêt. D'autre part, le capital qui ne sera remboursé (en une seule fois) qu'au terme du crédit verra son remboursement garanti *via* la constitution d'une épargne dédiée. Il est à noter que les emprunteurs ont alors l'obligation de souscrire une assurance invalidité-décès.

Prêt-relais : Financement à court terme destiné à couvrir un décalage de trésorerie et permettant à un emprunteur de devenir propriétaire d'un bien immobilier avant que la vente d'un autre bien ne soit finalisée. En clair, l'avance partielle procurée par le prêt-relais offre la possibilité à celui ou celle qui le souscrit d'acquérir un nouveau logement tout en disposant de davantage de temps pour vendre son premier bien.

Prime de risque : Écart entre la rentabilité d'un actif ou de plusieurs actifs localisés sur des sites différents et l'actif sans risque comme les obligations d'État.

Primo-accédant : Personne qui est propriétaire de son logement pour la première fois. Cependant un ménage primo-accédant, dans la définition la plus large du terme, est un foyer qui accède à la propriété de sa résidence principale pour la première fois, depuis au moins 2 ans. Les statistiques relatives aux primo-accédants peuvent donc inclure les ménages qui, au moment de l'achat de leur résidence principale, possèdent déjà des biens locatifs ou qui ont déjà été propriétaires de leur logement à une époque antérieure.

Prix FAI (ou prix HAI) : Correspond au prix de vente d'un bien immobilier avec les frais d'agences inclus, qu'on appelle aussi honoraires d'agences inclus (HAI). Il comprend ainsi le prix net vendeur majoré des frais d'intermédiation entraîné par le recours à une agence immobilière.

Prix net vendeur : Somme réellement touchée par le vendeur dans le cadre d'une vente immobilière.

Promesse unilatérale de vente : Avant-contrat par lequel un vendeur potentiel (appelé dans ce cas le « promettant ») s'engage envers un acheteur éventuel (désigné sous le terme de « bénéficiaire » de la promesse) à ne pas vendre son bien avant que le bénéficiaire de la promesse ne se soit prononcé. Le bien étant pour ainsi dire « gelé » dans le patrimoine du vendeur, l'acheteur potentiel compensera cette temporisation forcée (et nécessairement d'une durée déterminée) en versant une indemnité d'immobilisation. Si la vente est conclue, la somme sera imputée sur le prix de vente. Au cas où le promettant se rétracterait avant l'expiration du délai d'option, le bénéficiaire serait en droit de lui réclamer des dommages et intérêts.

Promoteur immobilier : Agent économique (personne physique ou morale, ménage, État, collectivité territoriale… actant dans le domaine économique et financier) agissant de manière permanente dans la conception de bâtiments destinés à être vendus. Entre autres tâches, le promoteur immobilier, maître d'ouvrage, s'occupe de lever les fonds, de piloter le projet et d'en assumer les risques.

Propane : Hydrocarbure gazeux que l'on utilise comme combustible.

PTZ ancien 2015 : Depuis le 1er janvier 2015, le Prêt à taux zéro réhabilitation (PTZ) est ouvert aux opérations d'acquisition-amélioration sous une double condition : d'une part, des travaux fixés à 25 % du coût total de l'acquisition et d'autre part, dans l'une des 5 920 communes listées par arrêté et appartenant à des agglomérations de moins de 10 000 habitants.

Publicité foncière : Ensemble de procédures et de formalités par lequel les informations sur la propriété foncière sont rendues publiques. Est ainsi consigné dans un fichier qui est le propriétaire de tel ou tel bien ou encore qui dispose d'un droit réel. Dans le cas d'une vente immobilière fraîchement conclue, l'existence même de la vente n'est pas remise en cause pourvu que les conditions relatives à sa validité soient remplies. En revanche, en l'absence de publicité, prouver l'existence de cette vente et l'opposer à des tiers pourrait s'avérer problématique. La publicité de la vente à la Conservation des hypothèques a donc principalement pour but d'assurer son opposabilité. C'est au notaire qu'incombe la charge de procéder aux formalités de publicité foncière afin que les tiers soient informés du changement de propriété venant de se produire. Pour info, une taxe de publicité foncière doit être payée au moment de l'inscription.

Publicité foncière : Service qui va enregistrer et informer du changement de propriétaire aux administrations. Lors de chaque vente ou transmission, le notaire se chargera d'en informer le service de Publicité foncière. Les dépenses qui y sont liées sont comprises dans les frais de notaire. Le but est de sécuriser et référencer toutes les opérations liées à un bien.

Puissance (kW ou W) : Les appareils de chauffage possèdent une puissance de chauffage permettant de transmettre directement ou *via* des émetteurs (radiateurs) la chaleur nécessaire permettant de maintenir la température des locaux à une température donnée (conventionnellement 19 °C) quelle que soit la température extérieure (Température mini de -7 °C à -6 °C suivant la zone géographique en Région Centre). Plus les déperditions de chaleur sont importantes, plus la puissance est grande. À noter que la puissance des radiateurs dépend notamment de la température de l'eau circulant dans ledit émetteur.

Puits climatique (puits canadien) : Ce système d'échangeurs air-sol, enterrés entre 1 et 2 mètres de profondeur, récupère la chaleur du sol pour chauffer l'habitat en hiver. Appelé puits provençal, ce dispositif sert à rafraîchir en été.

Q

Quittance : Justificatif émis par le propriétaire d'un logement loué et attestant du paiement du loyer et des charges par le locataire. À elle seule, la quittance ne saurait toutefois pas valoir preuve de règlement. Ce sera alors au locataire de fournir la preuve qu'il s'est bien acquitté du paiement de ses loyers. Toute quittance doit détailler le détail des sommes versées et mentionner (en les distinguant) le loyer, le droit au bail et les charges.

Quitus : Ratification des actes accomplis par le syndic agissant au nom du syndicat de copropriétaires et attestant que les affaires de la copropriété ont été gérées au mieux. Le quitus au syndic est accordé à l'issue de chaque assemblée annuelle.

Quote-part : Part dont dispose chaque copropriétaire pour la répartition des charges de copropriété. Pour info, l'unité de valeur d'une quote-part est le tantième.

R

Raccordement au gaz : Ensemble des moyens matériels et humains mis en œuvre pour relier un logement à un centre de distribution de gaz naturel. Le branchement au réseau se fait en plusieurs étapes, dont la pose de canalisation et l'encastrement du coffret de comptage. Le procédé est d'autant plus facile que la commune est déjà alimentée en gaz naturel.

Raccordement au tout à l'égout : Fait de connecter une habitation au réseau communal d'assainissement. Ce système collectif est mis en place afin de collecter les eaux usées, puis de les conditionner dans un centre d'épuration. Le raccordement au tout-à-l'égout est obligatoire si le zonage d'assainissement révèle que l'immeuble ou la maison se trouve dans une zone collective.

Radiateur chaleur douce : Radiateurs dimensionnés pour une température de retour inférieure à 50 °C.

Radon : Présent naturellement dans le sol et l'eau de certaines régions, le radon se diffuse dans l'air. Il est plus concentré dans les bâtiments que dans l'air extérieur. Le radon inhalé se dépose dans le poumon et augmente le risque de cancer.

Rampants : Partie oblique d'un comble aménagé.

Ravalement : Opération ayant pour but de remettre la façade d'un bâtiment en bon état de propreté. Le Code de la Construction et de l'Habitation prévoit notamment que « les façades des immeubles doivent être constamment tenues en bon état de propreté ». Il est également précisé que « les travaux nécessaires doivent être faits au moins une fois tous les 10 ans sur l'injonction municipale qui est faite aux propriétaires ».

Rayonnement : Émission de rayons par une source de chaleur. Le chauffage par rayonnement utilise des ondes infrarouges comme vecteur de transfert de chaleur. Le rayonnement traverse l'air ambiant et se transforme en chaleur au contact d'un objet, d'une personne ou d'une autre paroi plus froide.

RCP (responsabilité civile professionnelle) : La loi Hoguet qui définit le métier d'agent immobilier et l'encadre, exige la souscription d'une assurance responsabilité civile professionnelle. Elle est obligatoire et indemnise les clients en cas de faute de l'agent immobilier. Cela peut protéger des erreurs ou de perte de documents. Le coût est variable selon les compagnies. Elle doit être renouvelée.

RE 2020 (réglementation bâtiment responsable) : Ensemble de normes de construction, remplace la réglementation thermique 2012, dans quelques années. Son futur contenu fait l'objet des réflexions d'un groupe de travail dans le cadre du plan de performance thermique des bâtiments. Au-delà de la performance thermique, qui devrait peu évoluer, la RBR 2020 devrait mettre l'accent sur la production d'énergie à partir de sources renouvelables et sur l'empreinte écologique globale de chaque bâtiment.

Réception des travaux : Acte juridique par lequel le maître d'ouvrage (en général, le vendeur en l'état futur) déclare accepter, avec ou sans réserve, les travaux ayant été réalisés. En matière de construction, pour que l'on soit en présence d'une véritable « réception », les travaux réalisés doivent être non seulement livrés mais aussi acceptés par le maître d'ouvrage.

Référence cadastrale : Outil d'identification permettant de distinguer chaque parcelle. La référence cadastrale est unique pour chaque portion de terrain. L'identification intègre dans l'ordre le nom du département et de la ville (commune), ainsi que la division cadastrale et le numéro de parcelle. Pour toute opération (échange, vente, etc.) nécessitant une publicité foncière, la désignation du bien immobilier selon sa référence cadastrale est obligatoire.

Règlement de copropriété : Document organisant la copropriété. Il fixe la destination des parties communes et privatives ainsi que les règles d'administration et d'utilisation. Il détermine également la quote-part des charges pour chaque lot. Il ne peut pas restreindre les droits des copropriétaires, sauf si la destination de l'immeuble le justifie. Il est publié au fichier immobilier.

Règlement national d'urbanisme : voir RNU

Réglementation thermique : voir RT 2005 et RT 2012

Réméré : Consiste à acquérir un bien moins cher d'environ 30 à 40 % sur une période définie n'excédant pas 5 ans. Le vendeur continue d'occuper le logement durant cette période. Il verse en contrepartie à l'acheteur une indemnité d'occupation qui équivaut à un loyer. Une clause de rachat au profit du vendeur caractérise cette vente. Les vendeurs qui sollicitent ce procédé ont un besoin important de liquidité immédiate pour solder des dettes et assainir leur situation avant que le bien ne soit saisi et qu'ils soient expulsés.

Remise des clés : Une fois la construction de la maison achevée, celle-ci est livrée par le constructeur à son client. Cette livraison est matérialisée par la remise des clés du logement. C'est à ce moment qu'il appartient au propriétaire de vérifier les travaux et d'émettre d'éventuelles réserves s'il constate que son logement n'est pas conforme à ce que prévoyait le contrat de construction. La visite des lieux doit s'effectuer en présence du constructeur et de son client mais ce dernier peut se faire assister d'un professionnel du bâtiment qui l'aidera à traquer les éventuelles imperfections qui n'auraient pas été décelées lors des précédentes visites du chantier.

Rendement locatif : Indicateur, exprimé en pourcentage, permettant de comparer les projets. C'est le rapport entre les loyers annuels à percevoir et le coût initial du bien qui comprend le prix d'achat, les frais d'agence, les frais de notaire et les éventuels travaux. La formule est la suivante : Rendement brut = (montant du loyer mensuel × 12)/

prix d'achat (avec les frais) × 100. Par exemple, le calcul pour un appartement acheté 100 000 €, avec des frais de notaire de 9 000 € et un loyer mensuel de 500 € est le suivant : (500 × 12)/109 000 × 100 = 5,5 % de rendement brut. Le rendement net est plus précis car il prend en compte l'ensemble des frais, charges et taxes. Plus le taux est élevé plus l'investissement est intéressant

Rente viagère : Dans le cadre d'une vente en viager, l'acquéreur verse au vendeur une somme convenue. Cette somme est composée d'un bouquet (fraction du prix de vente payé le jour de la signature de l'acte authentique) et d'une rente viagère. La rente est versée, selon une périodicité fixée par les parties, par le débirentier pendant la durée de vie du crédirentier. La rente est appelée « viagère » en ce qu'elle est liée à la durée de vie du vendeur.

Réparations locatives : Ensemble des « menues réparations et travaux d'entretien courant » à la charge du locataire. En application du décret n° 87-712 du 26 août 1987 figurent notamment parmi les réparations locatives devant être assumées par le propriétaire le remplacement de vitres détériorées, l'entretien courant de la pelouse ou encore le remplacement des interrupteurs.

Réserves : En cas de vente en l'état futur d'achèvement, c'est au moment où le logement est livré que l'on vérifie qu'il est en tout point conforme au contrat de vente. Les malfaçons relevées feront l'objet de réserves. Celles-ci seront mentionnées dans un procès-verbal qui sera dressé en présence du promoteur immobilier chargé du chantier. Il est tout à fait possible de faire appel aux services d'un professionnel du bâtiment lors de la livraison du logement. En effet, son expertise permettra de détecter plus facilement les éventuels défauts de conformité. Si l'on choisit de ne pas se faire assister lors de la réception des travaux, un délai supplémentaire de 8 jours après la signature du procès-verbal sera accordé pour signaler toute malfaçon, défaut de conformité ou vice apparent qui n'auraient pas été initialement portés au procès-verbal.

Résidence d'affaires : Aussi appelées « appart-hôtel », ces immeubles répondent aux attentes des entreprises pour l'organisation de séminaires ou d'évènements. Ce sont des complexes immobiliers de standing proposant des chambres équipées, ainsi que des services adaptés comme une réception 24/24, des salles de conférences, une connexion haut débit etc. Atout majeur, elles sont idéalement situées près des aéroports ou gares et affichent un prix en moyenne 30 % plus bas qu'un hôtel.

Résidence de services seniors : Résidence de services pour seniors comprend des appartements ou parfois des maisons, meublés et fonctionnels, ainsi qu'un nombre important de services. On y trouve fréquemment réception, restaurant, coiffeur, activités culturelles et sportives. Ce type de bien est très prisé des seniors qui s'y sentent rassurés. Ces hébergements ne sont pas médicalisés et s'adressent à des personnes valides qui anticipent une perte progressive de leur autonomie. Les équipements sont adaptés.

Résidence de tourisme : On parle de résidence de tourisme pour définir les complexes immobiliers entre hôtel et location traditionnelle. Il s'agit d'appartements ou de petites villas. Tous sont meublés et équipés de cuisines pour assurer une indépendance à son occupant. Réception, restauration, ménage, fourniture de linge, piscine, spa, autant de services qui ornent le lieu. Les vacanciers peuvent y séjourner à la nuitée, à la semaine ou au mois. Les résidences sont gérées par des exploitants, des sociétés parfois très connues à l'échelle nationale.

Résidence étudiante : Ensemble immobilier composé de studios principalement, équipés et proposant des services semblables à ceux d'une résidence hôtelière. Accueil, petit-déjeuner, fourniture du linge, accès internet, laverie ou salle de sport attirent les jeunes. Elles doivent être occupées à 70 % par des étudiants. Elles sont gérées par des exploitants qui s'occupent de trouver les locataires et assurent la gestion.

Résidence habituelle : Logement où l'on a l'habitude de vivre quelle que soit la fréquence et la durée. Cependant, on admet qu'une occupation inférieure à un mois sur l'année ne peut être considérée comme habituelle. Une personne y habite au moins tout ou partie de l'année. Ce peut être une résidence secondaire ou un logement occupé occasionnellement.

Résidence principale : Définie par l'administration fiscale comme l'habitation où le particulier et sa famille vivent habituellement toute l'année ou la majeure partie de l'année. Si la famille vit dans deux endroits différents au cours de l'année civile, on retiendra comme résidence principale celle pour laquelle il bénéficie des abattements pour le calcul de sa taxe d'habitation.

Résidence secondaire : Logement utilisé pour des séjours de courte durée (week-ends, loisirs, ou vacances). Les logements meublés mis en location pour des séjours touristiques sont également classés en résidences secondaires.

Résidence semi-principale (ou bi-résidence) : Concept qui était jusqu'à la crise de la Covid, plutôt réservé aux retraités disposant d'un emploi du temps flexible qui gardaient un « pied à terre » en ville ou près de leurs enfants et petits-enfants ou pour changer de domicile au gré des saisons. Depuis 2020 et l'essor du télétravail en raison des confinements liés à la crise de la Covid, ce concept du « 50/50 » résidence principale – résidence secondaire s'est largement développé.

Résistance thermique : Mesure la résistance qu'une épaisseur de matériau oppose au passage de la chaleur. Elle constitue en fait son pouvoir isolant qui est autant plus Fort que le R est élevé. R = épaisseur du matériau / conductivité du matériau.

Responsabilité civile professionnelle : voir RCP

Revenus fonciers : Sommes perçues issues de la location de biens. Ils sont imposables.

RGE : Signe de qualité délivrée à une entreprise qui remplit certains critères lors de la réalisation de travaux d'économies d'énergie dans les logements (isolation des murs ou de la toiture, installation d'un équipement utilisant une énergie renouvelable, ...). Il s'agit d'un dispositif reconnu par l'État : pour le particulier, le recours à une entreprise RGE pour faire des travaux ouvre droit à l'attribution de certaines aides publiques. Voir aussi Mention RGE.

Risques locatifs : Risques rencontrés par un investisseur qui peuvent être la vacance locative totale ou partielle, le départ d'un locataire, des baux courts...

RNU (règlement national d'urbanisme) : Document rassemblant les normes d'urbanisme qui s'appliquent par défaut lorsqu'une commune est dénuée d'un plan local d'urbanisme (PLU), d'une carte communale ou de tout autre document équivalent. Il a notamment pour rôle de fixer les règles relatives à l'implantation des constructions, à leur desserte ou à leur aspect extérieur.

RT 2005 : Applicable aux bâtiments dont le dépôt du permis de construire a été effectué entre le 1er septembre 2006 et le 31 décembre 2012, la réglementation thermique 2005 (RT 2005) avait pour but de réduire la consommation énergétique des habitations, à limiter leurs émissions de gaz à effet de serre et à prendre en compte le confort d'été de leurs occupants. Le 1er janvier 2013, la RT 2005 a cédé sa place à la nouvelle réglementation RT 2012. Cette dernière impose à tous les bâtiments neufs (tertiaires et résidentiels) les mêmes exigences que le label BBC.

RT 2012 : Norme faisant suite à la RT 2005 (ou Réglementation Thermiques 2005), la RT 2012 a pour but de limiter la consommation en énergie des constructions neuves. Sont notamment visées par cette norme les dépenses nécessaires au chauffage, à la ventilation, à la climatisation, à la production d'eau chaude sanitaire ainsi qu'à l'éclairage de tout bâtiment neuf.

S

Sarking : Isolation des toitures (rampants) par l'extérieur permettant un gain d'espace dans le comble aménagé et la visibilité de la charpente par exemple (dans l'ancien).

SCCV (société civile de construction vente) : Organe permettant à des personnes physiques ou morales de s'associer pour construire et revendre des logements. C'est la seule structure du genre autorisée à commercialiser des biens immobiliers dans le but de générer de la plus-value. En matière fiscale, la SCCV n'est pas imposable, mais chaque membre subit individuellement l'impôt sur ses bénéfices nets.

SCI (société civile immobilière) : Groupement de personnes (physiques ou morales), qui s'associent pour acheter un bien immobilier dans le but de l'exploiter. La structure est préconisée si les acquéreurs, pris individuellement, ne disposent pas de fonds suffisants pour acheter le bien. Elle facilite également la transmission du patrimoine immobilier. Lors de sa création, la SCI exige au minimum deux associés.

SCPI (société de placement immobilier) : Fonds collectif investi dans l'immobilier résidentiel, commercial ou professionnel, qui reverse des revenus locatifs ou des plus-values de cession à ses associés. Ces derniers peuvent bénéficier en plus d'avantages fiscaux lorsque la SCPI est investie dans des placements de défiscalisation, comme le Pinel ou le Scellier.

SCOT (schéma de cohérence territoriale) : Document qui vise à coordonner la politique d'urbanisme de plusieurs ou intercommunalités, dans le but de définir un véritable projet de territoire. Son élaboration doit être régie par différents principes fondateurs, dont celui du renouvellement des zones existantes, de la lutte contre communes l'étalement urbain et de la préservation de l'environnement.

Second œuvre : Ensemble des travaux intervenant après que le gros œuvre a été réalisé. Le second œuvre inclut notamment les travaux d'isolation, la pose de cloisons ou encore de revêtements, l'installation de cheminées, etc. On considère généralement que le point de départ du second œuvre coïncide avec l'achèvement du gros œuvre, c'est-à-dire une fois que le bâtiment a été mis hors d'eau (la couverture a été posée) et hors d'air (les huisseries extérieures ont été installées).

Seconde main : Ensemble de Bureaux livrés depuis plus de 5 ans.

Séparation de biens : Contrat de mariage qui précise que tous les biens acquis avant ou pendant le mariage resteront dans les droits de celui qui en est propriétaire. Chacun pourra donc en disposer comme il l'entend.

Séquestre : Somme d'argent versée par l'acquéreur à titre d'acompte ou d'indemnité. Le versement s'effectuera au moment de la signature d'un avant-contrat de vente immobilière. La somme sera conservée soit par l'agent immobilier, soit par le notaire. Au cas où l'acquéreur refuserait de mener la transaction jusqu'à son terme (par exemple, en refusant de signer sans aucune raison valable), le séquestre serait attribué au vendeur à titre d'indemnité. Au moment de la signature de l'acte authentique, le séquestre sera déduit de la somme restante due.

Service public d'assainissement non collectif : voir SPANC

Servitude : Droit dont dispose le propriétaire d'un bâtiment ou d'un terrain d'utiliser un bâtiment ou un terrain ne lui appartenant pas. L'article 637 du Code civil stipule qu'il s'agit d'un droit réel, c'est-à-dire attaché à la chose qui en fait l'objet. Et par conséquent transmissible aux acheteurs, donataires et aux héritiers. Parmi les servitudes les plus répandues, on citera le droit d'emprunter un chemin traversant le terrain d'un voisin (servitude de passage) ou encore l'interdiction pouvant être faite à un voisin de surélever sa toiture (servitude « *non altius tollendi* »). Une servitude ne cesse qui si le droit qu'elle confère au propriétaire du « fonds dominant » sur le « fonds servant » n'est pas exercé pendant 30 ans.

SHOB (surface hors œuvre brute) : Ensemble des surfaces construites à tous les niveaux y compris emprise des murs, cloisons, combles, sous-sols, balcons...

SHON (surface hors œuvre nette) : Ensemble des surfaces construites (y compris l'emprise des murs et des cloisons) et après avoir déduit les surfaces extérieures et les surfaces non aménageables.

Société civile de construction vente : voir SCCV

Société civile immobilière : voir SCI

Société civile de placement immobilier : voir SCPI

Solidarité et renouvellement urbain : voir Loi SRU

Soubassement : Terme désignant la partie inférieure d'une maison, c'est-à-dire l'espace séparant les fondations d'une habitation de son plancher bas. Le soubassement d'un bâtiment peut revêtir plusieurs formes selon la technique pour laquelle on aura opté. Dans le cas d'un « hérisson », le sol du rez-de-chaussée reposera directement sur les fondations. En revanche, dans le cas d'un « vide sanitaire », un espace d'une vingtaine de centimètres aura été aménagé entre les fondations et le sol du rez-de-chaussée. Enfin, dans le cas d'un sous-sol, c'est tout un étage qui aura été aménagé sous le sol du rez-de-chaussée.

Sous-location : Contrat en vertu duquel un locataire donne en location tout ou partie de son logement à une autre personne : le sous-locataire. À défaut d'accord exprès et écrit du bailleur, il est strictement interdit de sous-louer son habitation. Dans le cas contraire, le propriétaire serait alors en droit de demander que le bail le liant au locataire indélicat soit résilié.

SPANC (service public d'assainissement non collectif) : Intervient auprès des particuliers pour les assister et contrôler la conformité de leur système d'assainissement individuel, notamment dans les communes dépourvues de réseau collectif (tout-à-l'égout). Les agents se déplacent et vérifient sur site la gestion adéquate des eaux usées de l'habitation, puis délivrent un agrément.

Squat : Lieu occupé dans un but de logement par un groupe de personnes ne possédant ni titre de propriété ni bail de location.

Squatteur : Personne qui occupe illégalement un logement inoccupé.

Stère : Correspond à 1 m^3 de bois (1 m de longueur, 1 m de largeur, 1 m de hauteur).

Surface de plancher : Formule de calcul précise, dont les éléments ont été redéfinis par une ordonnance du 16 novembre 2011. Elle vaut pour tous les permis de construire délivrés depuis le 1er mars 2012. Les nouvelles règles se veulent plus simples et plus favorables que celles des anciennes « surfaces hors œuvre » brutes ou nettes (SHOB et SHON), et permettent en moyenne un droit de construire supérieur de 10 %.

Surface habitable : Surface de plancher construite, après déduction des surfaces occupées par les murs, cloisons, marches et cages d'escalier, gaines, embrasures de portes et de fenêtres. Il n'est pas tenu compte de la superficie des combles non aménagés, caves, sous-sols, remises, garages, terrasses, loggias, balcons, séchoirs extérieurs au logement, vérandas, volumes vitrés, locaux communs et autres dépendances des logements, ni des parties de locaux d'une hauteur inférieure à 1,80 mètre.

Surface hors œuvre brute : voir SHOB

Surface hors œuvre nette : voir SHON

Syndic de copropriété : Mandataire du syndicat des copropriétaires. Son rôle consiste à exécuter les décisions prises par le syndicat et à le représenter. Il doit être élu (ou révoqué !) à la majorité de l'assemblée générale des copropriétaires. Si ces derniers ne parviennent pas à se mettre d'accord, c'est le président du tribunal de grande instance qui désignera le syndic. En effet, un syndic est indispensable dans une copropriété.

Syndicat de copropriétaires : Ensemble des propriétaires des différents lots d'un immeuble en copropriété. Sa mission consiste notamment à veiller à l'entretien de l'immeuble et à l'administration des parties communes. Il assure également l'exécution des décisions prises en assemblée générale et le respect du règlement de copropriété. Nommé pour une durée de 3 ans renouvelable, ses honoraires sont libres et fixés par l'assemblée des copropriétaires à la majorité des voix.

Syndicat de copropriété : Organe constitué par les copropriétaires d'un immeuble en copropriété. Son rôle consiste à assister et à contrôler le syndic de copropriété.

T

Tableau d'amortissement : En vertu de l'article L. 312-8 du Code de la consommation, une offre de crédit à taux fixe doit nécessairement s'accompagner d'un échéancier de remboursement (ou tableau d'amortissement). Il indique obligatoirement la totalité des versements qui devront être effectués par l'emprunteur, le numéro de l'échéance, le capital restant dû, le montant des intérêts (et de l'assurance) correspondant à la mensualité, le montant du capital remboursé, le montant de la mensualité ainsi que le coût global du crédit.

Tacite reconduction : Continuation d'un contrat à durée déterminée au-delà du terme initialement prévu sans qu'aucune formalité ne soit nécessaire. En clair, qui ne dit mot consent à « remettre le couvert » ...

Tantièmes : Unité de valeur pour représenter la quote-part dont dispose chaque copropriétaire pour la répartition des charges de copropriété.

Taux Annuel Effectif Global : voir TAEG

Taux de l'usure : Correspond au taux maximum légal que les établissements de crédit sont autorisés à pratiquer lorsqu'ils vous accordent un prêt. Fixé à la fin de chaque trimestre pour le trimestre suivant par la Banque de France, le taux de l'usure vise à protéger le consommateur d'éventuels abus.

Taux de rendement « Prime » : Taux de rendement le plus bas obtenu sur un immeuble d'excellente qualité, pourvu des meilleures prestations et s'inscrivant dans un emplacement de premier ordre.

Taux de rendement net : Rapport entre le revenu net, déduction faite des coûts d'exploitation et le prix d'achat.

Taux de vacance : Rapport entre l'offre immédiatement disponible et le parc existant.

Taux fixe : Dans le cadre d'un prêt immobilier, la banque applique un taux d'intérêt pour se rémunérer. On parle de taux fixe pour indiquer que celui-ci sera le même toute la durée du prêt. L'acquéreur peut donc déterminer en amont les sommes totales qui seront dues.

Taux révisable : Prêt dont le taux est revu chaque année à date anniversaire. Les sommes totales dues ne peuvent donc pas être déterminées d'avance. Il y a un caractère aléatoire.

Taxe d'habitation : Due par toute personne (propriétaire, locataire ou occupant à titre gratuit) étant présente dans le logement au 1er janvier de l'année d'imposition. Comme la taxe foncière, elle est calculée à partir de la valeur locative cadastrale du logement.

TOM (taxe d'ordures ménagères) : Taxe prise par la commune pour la collecte et le traitement des déchets ménagers. Celui-ci est appelé dans la taxe foncière envoyée à chaque propriétaire mais reste à la charge de l'occupant des lieux.

Taxe foncière : Due annuellement par tous les propriétaires, aussi bien de biens immobiliers « bâtis » que de terrains « à bâtir », cette taxe est établie par l'administration fiscale en se basant leur valeur locative cadastrale.

TAEG (taux annuel effectif global, anciennement TEG) : Taux d'intérêt annuel fixé par les banques et les établissements de crédit dans le cadre d'un contrat de prêt et qui inclut, en plus du taux nominatif, l'ensemble des frais applicables, tels que les frais de dossier, les frais fiscaux, les frais d'inscription ou les commissions. Il représente donc le coût total d'un prêt en intégrant la totalité des sommes que l'emprunteur devra payer. Il doit donc être distingué du taux d'intérêt de base, auquel il vient s'ajouter.

Testament : Document écrit qui précise les dernières volontés. Réalisé de son vivant soit sur papier libre chez soi (olographe) ou devant un notaire (authentique). Il permet de désigner des bénéficiaires avec ou sans lien de parenté, pour l'attribution de biens. Un testament peut être modifié ou annulé de son vivant.

Thermographie : Procédé permettant d'enregistrer, au moyen d'une image, la chaleur émise par une scène en décomposant les infrarouges. Dans le bâtiment, la technique est utilisée pour évaluer les déperditions thermiques (pertes de chaleur) des constructions à l'échelle d'une ville, d'une région, ou de manière locale pour calculer la performance énergétique d'un logement ou d'une pièce. Après l'analyse, les images obtenues sont appelées thermogrammes.

Titre de propriété : Document qui prouve que vous êtes bel et bien le propriétaire d'un bien immobilier : un terrain, une maison, un appartement ou un immeuble.

Tontine : Clause prévoyant qu'en cas de décès de l'un des deux acquéreurs d'un logement ayant fait l'objet d'une acquisition en commun, la part devant revenir à l'autre sera exceptionnellement soumise au taux applicable aux ventes immobilières (entre 5 % et 10 %).

TPHE (très haute performance énergétique) : Label dont seules peuvent se prévaloir les habitations affichant une consommation en énergie inférieure de 20 % à celle qu'imposait la RT 2005, c'est-à-dire 125 kWh/m^2/an. Il est toutefois à noter que les maisons labellisées BBC affichent des performances supérieures aux bâtiments « TPHE ».

TVA immobilière : Impôt indirect pesant sur les consommateurs et intégralement supporté par eux. En France, le taux de la taxe sur la valeur ajoutée est de 20 % dans l'immobilier neuf, de 10 % dans l'ancien (par exemple, des travaux de rénovation effectués sur une habitation dont la construction s'est achevée il y a plus de 2 ans) et de 5,5 % pour les travaux de rénovation et/ou d'entretien thermique, c'est-à-dire ayant pour but d'améliorer les performances thermiques du logement qui en bénéficie.

U

Usufruit locatif social : Le principe repose sur le démembrement de propriété. Cela signifie que l'on distingue la pleine propriété de l'occupation. Le nu-propriétaire dispose des murs, et l'usufruitier a le droit d'user du bien et d'en percevoir des loyers. Pour cet investissement, l'acheteur acquiert la nue-propriété d'un bien neuf pour une durée déterminée qui est souvent de 15 ans. En parallèle, un bailleur social ou institutionnel va acquérir l'usufruit de ce même bien.

Usufruit : Droit de jouir (c'est-à-dire d'utiliser et de percevoir les revenus qui en sont tirés) d'une chose dont une autre personne reste propriétaire (c'est-à-dire qu'elle conserve la nue-propriété). Si la chose sur laquelle porte l'usufruit est un bien immobilier, alors l'usufruitier sera tenu à s'acquitter de la taxe foncière et de la taxe d'habitation.

Usufruitier : Personne qui dispose du droit d'user du bien et d'en recueillir les fruits. Il prend à sa charge les réparations d'entretien, et les grosses réparations sont à la charge du nu-propriétaire. Les parties peuvent s'entendre pour une répartition différente. L'usufruitier est également tenu de toutes les charges annuelles pesant sur le bien, comme la taxe foncière.

V

Valeur économique ou fiscale : Valeur d'un bien en tenant compte des calculs qui peuvent modifier la valeur vénale. Par exemple pour un bien en viager, la valeur économique est la valeur du bien moins le droit d'usage et d'occupation lié à la personne qui occupe le bien.

Valeur locative cadastrale : Estimation de la valeur d'un bien faite par le centre des finances publiques et servant de base au calcul de la taxe d'habitation et de la taxe foncière. La valeur locative correspond au loyer annuel que le propriétaire de l'immeuble (qu'il soit ou non bâti) percevrait s'il mettait son bien à la location dans les conditions normales du marché. Le fisc ajuste cette valeur en tenant compte des déclarations de travaux (construction d'un garage ou d'une piscine) ou d'affectation du bien (usage professionnel ou non).

Valeur maximale par objet non listé (déménagement) : Lorsqu'un dommage est constaté sur un bien et que celui-ci n'est pas mentionné sur la déclaration de valeur, l'indemnisation ne peut pas dépasser le plafond maximal inscrit sur le contrat d'assurance.

Valeur vénale : Valeur d'un bien sur le marché immobilier, désigne le prix que l'on pourrait raisonnablement tirer de leur revente en l'état actuel des conditions du marché. Elle sera d'autant plus importante que la demande en termes de logement excédera l'offre. Elle est le plus souvent utilisée par les services fiscaux en cas d'évaluation du patrimoine d'un contribuable.

VEFA (vente en l'état futur d'achèvement) : Acquisition d'un bien immobilier alors que sa construction ne se limite qu'au stade de projet. Aussi appelé VEFA (vente en l'état futur d'achèvement), le procédé permet à l'acheteur de devenir propriétaire du logement à mesure que les travaux de construction avancent. Lors de l'acte notarié, le promoteur doit obligatoirement proposer à l'acquéreur une garantie qui se termine à la fin des travaux. En cas de vente d'un immeuble à construire, un promoteur immobilier s'engage à ce que l'habitation soit achevée à une certaine date. L'acquéreur voyant ses paiements étalés à mesure que les travaux se poursuivent, on considère que bien qu'étant propriétaire du terrain sur lequel le bien est édifié, il ne devient véritablement propriétaire de son logement qu'à mesure que le chantier progresse. Lorsqu'elles portent sur un bien à usage d'habitation acquis par une personne physique, les VEFA sont particulièrement encadrées (formalités exigées, versements réglementés).

Vente à la bougie : Vente aux enchères. Lors d'une vente à la bougie, les enchères s'arrêtent à l'extinction de la dernière des deux bougies.

Vente à la découpe : Procédé consistant à vendre en une seule fois l'intégralité d'un immeuble acheté en bloc. Les locataires bénéficient d'un droit de préemption si l'immeuble comporte plus de dix lots mais aussi si l'acquéreur n'entend pas proroger les baux d'habitation.

Vente à terme : Vente à paiement échelonné dans le temps. Tous les paramètres sont définis et actés lors de la signature de la vente chez le notaire. Le prix ET la durée du paiement sont inscrits. Elle présente plusieurs avantages, et peut avoir différentes formes, à savoir : libre, occupée pour une certaine durée ou occupée à vie par le propriétaire actuel.

Vente par adjudication : Résulte d'un jugement enjoignant une personne à rembourser une somme d'argent à son créancier. Si le débiteur se trouve dans l'impossibilité d'éponger sa dette, un bien lui appartenant pourra alors être mis aux enchères. Et son créancier se fera payer sur le prix de vente. L'officier public chargé de l'adjudication attribuera le bien au dernier enchérisseur (lequel deviendra « adjudicataire »).

Vente sur plan : voir VEFA

Viabilisation : Ensemble des raccordements aux différents réseaux d'eau, d'électricité, de gaz, de téléphone et d'assainissement devant être réalisés afin qu'un terrain soit viabilisé. Plus le terrain à viabiliser sera isolé, plus les raccordements seront coûteux. Pour info, viabiliser un terrain coûte le plus souvent entre 5 000 et 15 000 €.

Viabilisé : Se dit d'un terrain dès lors que l'ensemble des opérations visant à le raccorder aux différents réseaux existants (assainissement, eau, électricité, gaz, téléphone, etc.) a été effectué. Pour pouvoir faire l'objet d'une viabilisation, un terrain doit obligatoirement être situé dans une zone constructible. Pour le savoir, rendez-vous à la mairie de votre commune afin d'y consulter gratuitement le plan local d'urbanisme (PLU). Si le terrain est situé en zone constructible, un certificat d'urbanisme devra être demandé avant que le chantier ne démarre. Il est à noter que la situation du terrain et notamment son éloignement par rapport aux différents réseaux rendra plus difficiles (et plus coûteuses !) les opérations de raccordements nécessaires à sa viabilisation.

Viager libre : L'acheteur a la jouissance immédiate du bien et peut l'habiter ou le mettre le bien en location. En contrepartie, il versera un capital financier à la signature (le bouquet) et une rente mensuelle à vie.

Viager occupé : Dans le cadre de la vente d'un bien immobilier en viager, l'acheteur s'engage à verser un capital financier à la signature (le bouquet) et une rente mensuelle à vie au bénéfice du vendeur ou « crédirentier ». Ce dernier conserve alors le droit d'usage et d'habitation, c'est-à-dire le droit d'y habiter librement jusqu'à sa mort. La jouissance du bien ne revient à l'acheteur qu'après le décès du vendeur.

Vice caché : Défaut non visible d'une chose vendue (ou louée), antérieur à la vente et que l'acquéreur (ou le locataire) était dans l'impossibilité de détecter au moment où le contrat a été conclu. L'acheteur lésé pourra engager la responsabilité du vendeur en faisant jouer la garantie des vices cachés prévue à l'article 1641 et suivants du Code civil. Seule une clause contractuelle permettrait au vendeur de s'exonérer de toute responsabilité si un vice caché venait à être découvert. Pour info, jusqu'en 2005, le recours pour vices cachés devait être intenté dans un « bref délai ». En l'absence de toute précision dans les textes, sa durée était laissée à l'appréciation du tribunal mais avoisinait le plus souvent 6 mois… Le délai pour mettre en œuvre la garantie des vices cachés est désormais de 2 ans.

Vide sanitaire : Type de soubassement caractérisé par la présence d'un espacement d'environ 20 cm entre le sol et le rez-de-chaussée de la maison. La couche d'air procurée par le vide sanitaire (ou VS) permet ainsi de protéger l'habitation non seulement contre l'humidité mais aussi de la préserver des contraintes pouvant être exercées par le sol (mouvements, tassements, etc.). En revanche, dans le cas d'un soubassement en « hérisson » ou d'une maison construite « sur terre-plein », le sol du rez-de-chaussée repose directement sur les fondations.

VMC : Dispositif d'aération mécanique permettant de faire circuler et d'assainir l'air dans les différentes pièces d'une habitation, notamment les pièces humides (cuisine, salle de bains…). On distingue la VMC simple flux, qui aspire l'air humide vers l'extérieur, la VMC double flux, qui injecte en plus de l'air vers l'intérieur.

VRD (voieries et réseaux divers) : Ensemble des raccordements et branchements (eau, gaz, électricité, épuration, etc.) devant être réalisés dans le cadre de la viabilisation d'un terrain.

W

Wc (Watt crête) ou kWc (kilo Watt crête) : Unité qui représente la puissance électrique fournie par une installation photovoltaïque sous un ensoleillement standard de 1 000 W/m^2 à 25 °C. 1 kWc correspond à 1 000 Wc.

Wh (Watt-heure) ou kWh (kilo Watt-heure) : Unité pour la mesure de l'énergie électrique. En moyenne, en France, 1 kWc de panneaux photovoltaïques peut produire chaque année de 900 kWh (au nord) à 1 300 kWh d'électricité au sud.

Z

ZAC (zone d'aménagement concerté) : Opération d'aménagement d'un secteur géographique décidée par une collectivité publique (une ville, par exemple) ou un établissement public et visant à réaliser des constructions et des aménagements publics (équipements créés ou agrandis pour les nouveaux habitants, création de voies et d'espaces verts nouveaux) mais aussi privés (logements, commerces, bureaux, etc.).

Zone « tendue » : Secteur géographique à l'intérieur duquel on constate que l'offre de logements disponibles n'est pas suffisante pour couvrir la demande (aussi bien en termes de volume que de prix). En effet, en matière de logement, la tension d'un marché immobilier local se définit en fonction du niveau d'adéquation entre la demande de logements, d'une part et l'offre de logements disponibles, d'autre part.

Zone « très tendue » : Secteur géographique où il apparaît que le volume de la demande dépasse fortement l'offre de logements disponibles. Pour info, les zones A bis et A (Paris et sa banlieue mais aussi – depuis le 1er octobre 2014 – Lyon, Lille, Marseille ou encore Montpellier) sont certes très attractives d'un point de vue démographique et économique mais ne sont pas adaptées à un profit « investisseur ». En raison des prix très élevés qui y sont pratiqués, l'investissement risque de ne pas être rentable. En revanche, les zones dites « très tendues » sont plutôt à réserver à des profils d'acquisition patrimoniale, c'est-à-dire disposant de revenus confortables et d'un niveau d'endettement bas.

Zone inondable : Secteur géographique ayant déjà été recouvert par les eaux à la suite d'une inondation et susceptible de l'être à nouveau. En dépit des recommandations du ministère de l'Environnement et des Agences de l'eau, de nombreuses habitations sont construites chaque année dans des zones « potentiellement » inondables…

ZUS (zone urbaine sensible) : Quartier classé comme prioritaire par les pouvoirs publics eu égard aux difficultés rencontrées par ses habitants (habitat urbain dégradé, chômage). La liste des ZUS est établie par décret. Les ZUS sont composées de Zones de Redynamisation Urbaine (ZRU) et de Zones Franches Urbaines (ZFU). Les ZRU se caractérisent par un taux de chômage élevé, un faible potentiel fiscal et un nombre élevé d'habitants non-diplômés. Quant aux ZFU, ce sont des ZRU dont la population dépasse 8 500 habitants.

34/38, rue Camille-Pelletan - 92309 Levallois-Perret cedex
Imprimerie CPI Bussière - 18200 Saint-Amand-Montrond
Imprimé en France - 3e trimestre 2022 (2066668)

Service éditorial : Thomas Beddok, Benjamin Dias Pereira, Eva Nouzille, Deborah Lopez, Myriam Pasek
Conception graphique : Catherine Aubin

Dépôt légal à parution
ISBN 978-2-7590-4958-5